DOMINADA POR SUS COMPAÑEROS

PROGRAMA DE NOVIAS INTERESTELARES®:
LIBRO 1

GRACE GOODWIN

Copyright © 2017 por Grace Goodwin

Todos los derechos reservados. Ninguna parte de este libro puede ser reproducida o transmitida de ninguna forma ni por ningún medio, ya sea eléctrico, digital o mecánico, incluidas, entre otras, fotocopias, grabaciones, escaneos o cualquier tipo de sistema de almacenamiento y de recuperación de datos sin el permiso expreso y por escrito del autor.

Publicado por Grace Goodwin con KSA Publishing Consultants, Inc.

Goodwin, Grace

Dominada por sus compañeros

Diseño de portada por KSA Publishers 2020
Imágenes de Deposit Photos: faestock, sdecoret

Este libro está destinado *únicamente a adultos*. Azotes y cualquier otra actividad sexual que haya sido representada en este libro son fantasías dirigidas hacia adultos solamente.

BOLETÍN DE NOTICIAS EN ESPAÑOL

FORMA PARTE DE MI LISTA DE ENVÍO PARA SER DE LOS PRIMEROS EN SABER SOBRE NUEVAS ENTREGAS, LIBROS GRATUITOS, PRECIOS ESPECIALES, Y OTROS REGALOS DE NUESTROS AUTORES.

http://ksapublishers.com/s/c5

1

Amanda Bryant, Centro de Procesamiento de Novias Interestelares, planeta Tierra

Esto no podía ser real. Pero se *sentía* real. El cálido aire sobre mi piel sudorosa. La aromática esencia a sexo. Las suaves sábanas bajo mis rodillas. El firme cuerpo que se encontraba a mis espaldas. Me habían vendado los ojos con una venda de seda que hacía todo tan oscuro como la noche. Pero no necesitaba mi visión para saber que un pene se hundía en lo más profundo de mi vagina, un pene grande y grueso.

Era real. *¡Era real!*

Me encontraba arrodillada sobre una cama, y el hombre estaba a mis espaldas, follándome. Sus caderas tomaban impulso, haciendo que su pene impactara deliciosamente contra cada una de mis terminaciones nerviosas, mientras mis paredes se expandían a su alrededor. Sus sólidos muslos estaban debajo de mí, uno de sus brazos enroscado alrededor de mi cintura y sosteniendo mi seno, aprisionándome para que no pudiese moverme. Lo único que podía hacer era aceptarlo mientras él tocaba fondo dentro de mí. No podía escapar a ninguna parte —aunque tampoco quería hacerlo—. ¿Por qué querría irme? Se sentía *tan* bien. *Su pene* se sentía tan bien dentro de mí, ensanchándome, atiborrándome.

No era el hombre a mis espaldas, solamente, el que me hacía perder la razón. Un segundo hombre —sí, ¡estaba con dos hombres!— iba dejando besos a lo largo del camino que conducía hasta mi vientre. Su lengua daba lamidas apasionadas sobre mi ombligo, y cada vez más y más abajo...

¿Cuánto tiempo le tomaría hasta que sus labios finalizaran este recorrido hacia mi clítoris?

Mi centro de placer palpitaba con ansías. ¡Apresúrate, lengua, deprisa!

¿Cómo era posible que esto fuera real? ¿Cómo era posible que dos hombres estuvieran tocándome, lamiéndome, follándome? Sí, lo hacían. El hombre que se hallaba a mis espaldas envolvía sus fuertes manos alrededor de la parte interna de mis muslos, y los separaba aún más para que el otro pudiese explorarme con sus manos y lengua... Hasta que encontró mi clítoris.

¡Finalmente! Moví mis caderas hacia adelante, deseando más.

—Aguanta un poco, compañera. Sabemos que quieres correrte, pero tendrás que esperar.

La voz grave en mis oídos susurraba las excitantes palabras contra mi cuello, incluso mientras movía sus caderas, abriéndome de par en par con su enorme pene.

¿Esperar? ¡Esperar me era imposible! Cada vez que su pene se clavaba dentro de mí, la lengua sobre mi clítoris se movía rápidamente, lamiéndome. Ninguna mujer sería capaz de resistir la triple sensación de un pene, un movimiento rápido y una lamida al mismo tiempo.

Gemí. Gimoteé, tratando de concentrar mis caderas en el foco del placer. Me encantaba. Quería sentirlos a ambos dentro. Necesitaba desesperadamente que me reclamasen, que me hiciesen suya por siempre.

Por una fracción de segundo mi mente se rebeló contra mí, puesto que no tenía ningún compañero. No había tenido ningún amante desde hacía más de un año. Jamás lo había hecho con dos hombres a la vez. Nunca había pensado en tener mis

Dominada por sus compañeros

dos orificios atiborrados. ¿Quiénes eran estos hombres? ¿Por qué...?

La lengua se retiró de mi clítoris y entonces grité.

—¡No!

En una fracción de segundo, esa misma boca se encontraba sobre mi pezón, y sentí cómo el hombre que estaba sobre mí sonreía contra mi suave piel. Tiró de mi pezón y lo lamió hasta que gimoteé, pidiendo más. Me encontraba al borde del precipicio; mi cuerpo estaba a punto de tener un orgasmo. El pene que me invadía era increíble, pero no era suficiente para mí.

Necesitaba más.

—Más.

La súplica escapó de mis labios antes de que siquiera pudiese recuperar el control, y la parte más oscura de mí se entusiasmó ante el castigo que sabía que esta orden traería como consecuencia. ¿Cómo lo sabía? Estaba muy confundida, pero no quería gastar tiempo pensando, sino solo disfrutando.

Inmediatamente, una firme mano se enredó en mi cabello, tirando de mi cabeza y provocando una punzada dolorosa, mientras el hombre que se encontraba detrás de mí giraba mi cabeza para que lo viera de frente, y me provocaba rozando mis labios con los suyos.

—Tú no exiges, compañera. Tú te sometes.

Me besó, su lengua era como un intruso fuerte y dominante que estaba dentro de mi boca. Él daba estocadas dentro y fuera de mí mientras me follaba; su lengua y su pene invadían mi cuerpo simultáneamente antes de retroceder por completo y embestirme de nuevo.

Mi otro compañero —espera, ¿he dicho compañero?— separó aún más los labios de mi vagina con sus dedos. Lamió mi clítoris y luego lo chupó con delicadeza, mientras que el pene que me follaba se hundía hasta el fondo y emergía casi totalmente. Una lamida. Luego una chupada. Lamida. Chupada. Estaba al borde de las lágrimas; mi excitación era demasiado intensa como para contenerla.

—Por favor, por favor. *Por favor.*

Una lágrima cayó y escapó fuera de la venda que cubría mis ojos, humedeciendo el lugar en el que la mejilla de mi compañero y la mía se unían. Él interrumpió nuestro beso de inmediato; su cálida lengua delineaba el sendero de la lágrima.

—Ah, súplicas. Nos encanta que nuestra compañera suplique. Eso quiere decir que estás lista.

El hombre que imaginé que estaría arrodillado ante mí, el que me torturaba con su boca, habló:

—¿Aceptas pertenecer a nosotros, compañera? ¿Te entregas a mí y a mi segundo voluntariamente o deseas elegir a otro compañero principal?

—Acepto perteneceros completamente, guerreros.

Al haber dicho mi promesa, ambos hombres comenzaron a gruñir, desafiando los límites de su control.

—Entonces te reclamamos, y tú obtienes un nuevo nombre. Nos perteneces, y acabaremos con cualquier otro guerrero que se atreva a tocarte.

—Que los dioses sean testigos y os protejan.

Un coro de voces se oía a nuestro alrededor, y jadeé cuando el hombre que se arrodillaba dio un mordisco a mis muslos, haciendo una siniestra promesa de placer.

—Ven a por nosotros, compañera. Muéstrales a todos la manera en la que tus compañeros te dan placer.

El hombre que se encontraba a mis espaldas dictó la orden justo antes de que su boca se fundiera con mis labios en un beso ardiente.

Espera, *¿todos?* Antes de que siquiera pudiese terminar la pregunta mentalmente, la boca del otro hombre se aferró a mi clítoris con fuerza, lamiendo y moviendo rápidamente su lengua, llevándome al límite.

Grité, pero el sonido se perdía a medida que las olas de placer azotaban mi cuerpo. Mi cuerpo se volvió rígido como el granito, solo mis paredes vaginales se agitaban y contraían alrededor del pene que continuaba follándome. Lo hacía con mucha, mucha fuerza; y aun así, la lengua que lamía mi clítoris lo hacía suave y gentilmente.

Una sensación de calor invadió mi piel, una luz blanca

centelleaba tras mis párpados, sentía un hormigueo en mis dedos. Demonios, sentía el hormigueo por todo mi cuerpo. Pero mis compañeros aún no habían acabado conmigo, ni siquiera me permitieron recobrar el aliento antes de que me apartaran del largo pene y me dieran vuelta. Oí el sonido del roce de las sábanas, sentí la cama moviéndose, y luego me izaron para aterrizar sobre él. Poniendo sus manos sobre mis caderas, me descendieron nuevamente sobre su pene. En segundos, ya me había colmado de nuevo, entrando y saliendo fuera de mí mientras mi otro compañero se colocaba alrededor de nosotros y tocaba mi clítoris rápidamente. Estaba tan preparada, tan sensible, que instantáneamente me llevó al borde.

El deseo escalaba desde dentro de mí, y me tensé, conteniendo la respiración a medida que el fuego ardía a través de mi interior. Me iba a correr de nuevo. Se ocupaban de mí con mucha simplicidad; sin embargo, conocían mi cuerpo, sabían cómo tocarme, cómo lamerme y chuparme. Sabían cómo follarme de una manera tal que todo lo que podía hacer era correrme. Una y otra vez.

—Sí. Sí. ¡Sí!

—No.

La orden se asemejó a una correa que tiró de mí, y mi orgasmo obedeció, en espera. Una mano firme azotó mi trasero desnudo. Sonó como un golpe potente, y se sintió como un destello brillante de dolor. Tres veces. Cuatro. Cuando se detuvo, la sensación punzante y cálida se esparció por mi cuerpo. *Se suponía* que debía de haberlo odiado. ¡Me dio una nalgada! Pero no. A mi cuerpo traicionero le *gustó*, pues la nueva sensación se extendió hacia mis pechos, hacia mi clítoris. Todo mi cuerpo se sentía en llamas, y quería más. Quería sus órdenes. Quería su control. Lo quería todo. *Necesitaba* que mis dos compañeros me llenaran, me follaran, me reclamaran. Quería pertenecerles por siempre.

Las manos firmes sostuvieron mi trasero, manteniendo mis nalgas abiertas para el compañero que estaba detrás de mí. Incluso, mientras el hombre que estaba tumbado debajo de mí me mantenía abierta, seguía embistiéndome con su pelvis, follándome a cortos intervalos y llevándome a un éxtasis divino. Mi vagina estaba tan llena, que me preguntaba cómo habría espacio para mi otro compañero dentro de mi culo. ¿Cómo podrían reclamarme debidamente sin causarme dolor? De algún modo, intuí que me gustaría. Me tranquilizaban los recuerdos de un tapón grande llenándome, abriéndome, preparándome para lo que venía ahora. Me gustaría haber tenido el tapón llenándome mientras me follaban, así me habría desmayado del placer cuando tuviese ambos miembros en mi interior.

La necesidad que sentía no era solo la de follar a mis dos compañeros simultáneamente. Era, también, la de reclamar mi parte y hacer míos a estos hombres para siempre. Solo podía lograr esto con una doble penetración. *Amaba* a estos hombres. Los quería. Los quería a ambos.

El dedo de mi compañero se abrió paso a través de mi estrecho orificio, aún virgen. Pero sabía que cabría dentro. Ambos hombres eran poderosos y dominantes, y, aun así, delicados. El aceite que derramó sobre mí para meter dentro un dedo y luego otro, se sentía como un calor acogedor dentro de mi cuerpo. Jadeé mientras la calidez de sus dedos me abría lentamente, asegurando que realmente estuviese lista para ser reclamada.

Envolvió sus brazos alrededor de mi espalda, y el compañero que estaba debajo me tumbó sobre él para descansar sobre su ancho pecho. Sus manos acariciaron mi espalda de arriba abajo.

—Arquea tu espalda. Sí, justo así.

Sus dedos abandonaron el interior de mi trasero, y aunque me sentía abierta y lista, también me sentí vacía. *Necesitaba* más. El compañero situado detrás de mí siguió hablando.

—Cuando mi pene entre dentro de este apretado culo, serás nuestra para siempre. Eres el vínculo que nos conecta como si fuésemos uno.

La brusca cabeza de su pene hizo presión lentamente, llenándome hasta que sentí que me moriría del placer. El líquido preseminal que estaba sobre la punta de su pene también se introdujo dentro, e hizo que una sensación de fuego se propagara a través de cada una de mis terminaciones nerviosas, como una descarga eléctrica dirigida hacia mi clítoris.

Traté de resistir, traté de comportarme, de negar el placer que se disparaba por todo mi cuerpo, de esperar por su autorización, pero no podía hacerlo.

Me corrí dando un alarido, mi vagina se contraía con tanta fuerza que casi hice que el segundo pene se saliera de mi cuerpo debido a la fuerza de los espasmos musculares. No podía pensar, no podía respirar, y cada una de las embestidas de mis compañeros me llevaba al borde, hasta que me corrí de nuevo...

—¡Sí!

—Señorita Bryant.

La voz femenina apareció de la nada, y penetró en mi mente con el escalofrío de la realidad. La ignoré, buscando el éxtasis que había estado experimentando, pero mientras más trataba de concentrarme en mis compañeros, más difícil se volvía sentirlos. Su aroma se había esfumado. Su calidez, también. Sus penes, desvanecidos. Grité en negación mientras unos dedos fríos y firmes se posaban sobre mi hombro, sacudiéndome.

—¡Señorita Bryant!

Nadie me tocaba así. Nadie.

Los años que pasé practicando artes marciales hicieron efecto al fin; intenté subir mi brazo para impedir el repentino asalto a mi hombro. No quería sentir aquellas frías manos tocándome. No quería a nadie tocándome, no quería a nadie que no fuesen mis compañeros. Solo aquellas fuertes manos tocándome con gentileza.

El dolor punzante de las esposas alrededor de mis muñecas me trajo de vuelta a la realidad. No podía apartar mi mano, no podía golpearla. Estaba acorralada. Inmovilizada. Esposada a algo como un sillón. Indefensa.

Parpadeando, miré a mí alrededor, tratando de recobrar la orientación. Dios, mi vagina se contraía con deseo y mi respiración estaba entrecortada. Estaba desnuda, solo me cubría una clase de bata de hospital, y estaba esposada a una mesa de revisión que se asemejaba mucho más a un sillón de dentista que a una camilla de hospital. El aire entraba y salía de mis pulmones, escapando como jadeos, a la vez que intentaba tranquilizar los rápidos latidos de mi corazón. Mi clítoris, hinchado, palpitaba. Quería tocarlo con mis dedos, terminar lo que los hombres habían empezado; pero eso era imposible. Atada, todo lo que podía hacer era cerrar mis puños.

Iba a tener un orgasmo justo aquí, en esta maldita silla, atada y desnuda, como si hubiese enloquecido. Yo trabajaba como una agente de inteligencia desde hacía cinco años. Me habían asignado esta misión porque mi país confiaba en mis capacidades para mantener todo bajo control, para hacer lo que se necesitaba hacer en el espacio. No me habían asignado esto para derrumbarme y rogarle al primer alienígena que encontrase, cuyo pene me calentara tanto que incluso olvidara mi propio nombre, que me permitiera alcanzar el clímax.

Reconocí los signos y supe que había palidecido al pensar en tener no solo *un* macho alfa, dominante y autoritario haciendo que mi vagina sollozara, haciendo que rogara. ¿Tener un solo amante? ¿O una pizca de normalidad? No. Yo no. Tenía que hacer las cosas interesantes e imaginar que dos hombres me follaban al mismo tiempo. Dios mío, mi madre estaría revolcándose en su tumba ahora mismo.

—¿Señorita Bryant?

Era esa voz de nuevo.

—Sí —resignada, giré la cabeza para encontrarme con un grupo de siete mujeres observándome con clara curiosidad.

Todas usaban uniformes grises con una extraña insignia vino tinto sobre el pecho izquierdo. Había visto muchas veces ese símbolo durante los dos últimos meses; era el símbolo de la Coalición Interestelar, lo que indicaba que estas mujeres eran empleadas del Centro de Procesamiento de Novias Interestelares, o guardianas, como eran llamadas; como si firmar un contrato con la Coalición fuese una condena. Las mujeres eran un grupo representativo de razas: negra, blanca, asiática, hispánica. Representaban todas las razas de la Tierra. Perfectísimo. La mujer pálida de cabello castaño oscuro y simpáticos ojos grises era quien me había hablado. Sabía su nombre, pero ella no sabía que yo lo sabía. Sabía muchas cosas que no se suponía que debería saber.

Relamí mis labios y tragué en seco.

—Estoy despierta.

Mi voz sonaba ronca, como si hubiese estado gritando. Cielos. ¿Realmente había gritado cuando me corrí? ¿Había rogado y gemido frente a estas mujeres como testigos?

—Excelente.

La Guardiana parecía tener cerca de treinta años, quizás era uno o dos años menor que yo.

—Mi nombre es Egara. Estoy a cargo del Programa de Novias Interestelares aquí en la Tierra. El programa indica que se ha encontrado una pareja compatible para usted, pero puesto que es la primera novia voluntaria que ha sido emparejada utilizando los protocolos de Novias Interestelares, tendremos que hacerle algunas preguntas adicionales.

—Está bien —respiré hondo y exhalé.

El deseo que sentía se estaba desvaneciendo lentamente, y el sudor sobre mi piel había desaparecido. Se me puso la piel de gallina, pues estaba en una habitación fría, con un aire acondicionado que intentaba mantener a raya el calor agosteño de Miami. La rígida silla se sentía pegajosa y la bata, áspera al tacto de mi piel sensible. Recostando mi cabeza, esperé.

Según los alienígenas que prometían "proteger" la Tierra de una presunta amenaza conocida como el Enjambre, estas humanas que estaban de pie frente a mí habían sido emparejadas a guerreros alienígenas en el pasado, y ahora se habían convertido en viudas que se ofrecieron voluntariamente a servir a la Coalición desde la Tierra.

Ah, y había más de doscientas sesenta razas de alienígenas luchando en el ejército de la Coalición, pero se alegaba que solo una fracción de ellos era compatible para unirse a los humanos. Resultaba extraño. ¿Y cómo lo sabían, si un humano jamás había sido enviado al espacio anteriormente?

Las naves de la Coalición habían aparecido hacía un par de meses; un miércoles 4 de junio, a las 6:53 pm, hora del Este. Sí, recuerdo la fecha con mucha exactitud; no era posible olvidar el momento en el que me enteré de que había vida "allí afuera". Estaba en el gimnasio, haciendo ejercicio en la caminadora; habían transcurrido treinta y tres minutos de los noventa que duraba mi sesión de ejercicio, cuando las pantallas de los televisores sobre las paredes enloquecieron. En cada canal se veían naves alienígenas, alienígenas aterrizando en cada rincón del mundo, guerreros de piel amarilla, increíblemente grandes, de dos metros, con armaduras de camuflaje color negro, saliendo de su pequeño transbordador como si ya les perteneciéramos.

En fin. Podían hablar nuestros idiomas y afirmaban haber ganado una batalla en nuestro sistema solar. Una vez que tuvieron un equipo televisivo en las narices, exigieron tener una asamblea con todos los líderes mundiales más importantes. A los pocos días, en aquella asamblea en París, los alienígenas se habían negado a reconocer la soberanía de ningún país, y exigieron que la Tierra eligiese a un líder supremo, a un "Prime", como le llamaban. A un representante del mundo entero. Los países eran irrelevantes. ¿Nuestras leyes? Irrelevantes, también. Ahora éramos parte de su Coalición, y debíamos seguir sus leyes.

La asamblea había sido transmitida en vivo en todo el mundo, en todos los idiomas principales, no a través de nuestras estaciones televisivas en la Tierra, sino a través de nuestras redes satelitales, las cuales estaban bajo su control. ¿Líderes enojados y aterrorizados, en vivo, en cada país del mundo?

Dejémoslo en que la asamblea no había salido bien.

Me hervía la sangre a medida que observaba. Estallaron disturbios. Las personas estaban atemorizadas. El Presidente había dado aviso a la Guardia Nacional, y cada una de las fuerzas de la policía y el departamento de bomberos del país habían estado trabajando horas extra sin descanso durante dos semanas. Este fue todo el tiempo que necesitaron las personas para darse cuenta de que los alienígenas no pretendían destruirnos para tomar todo lo que quisieran.

Pero entonces... Esto sucedió. Novias. Soldados. Dijeron que no querían nuestro planeta, afirmaron estar protegiéndonos;

Dominada por sus compañeros

pero querían a nuestros soldados para que lucharan en su guerra, y a mujeres humanas emparejadas con sus guerreros. Y yo era la persona demente que se había ofrecido voluntariamente para ser el primer sacrificio humano.

¿Sexo con alienígenas gigantes y amarillos? Porque eso era exactamente lo que hacían las novias: tener sexo con su compañero. Claro, lo que tenían no era un *esposo*, sino un *compañero*. Pues, marchando.

Aquel pensamiento sarcástico hizo que un escalofrío recorriese mi cuerpo, y sacudí mi cabeza para evitarlo. Estaba en una misión, en un trabajo crítico. La sola idea de follar con alguno de aquellos enormes guerreros con pechos macizos, piel dorada, y expresión dominante no debería emocionarme. No sabía quién me tocaría, pero juzgando por las imágenes de la televisión, *todos* eran colosales. *Todos* eran dominantes.

Sin embargo, sí que me excitó, y esperaba, por lo menos, conseguir algo de placer en esta misión. Si no, lo soportaría. Pero si tuviera la oportunidad de cabalgar uno de sus inmensos penes y llegar a un alucinante orgasmo de vez en cuando, ¿Tan malo sería? Lo consideraría como un privilegio propio del trabajo. Estaba abandonando mi vida, mi hogar, mi propio planeta por los próximos años. Un par de orgasmos decentes es lo menos que podría obtener. ¿Cierto?

Había servido a mi país durante años, y confiaba en mis habilidades para manejar cualquier situación, para adaptarme a cualquier cosa. Era una sobreviviente, y, además, no me había tragado su historia. Mis superiores en la agencia tampoco les habían creído. ¿Dónde estaban las pruebas? ¿Dónde estaban estas terribles criaturas conocidas como el Enjambre?

Los capitanes de la Coalición mostraron a los líderes vídeos que cualquier chico de secundaria podría haber creado. Nadie en la Tierra había visto a ningún soldado del Enjambre en carne y hueso, y la Coalición se negaba en rotundo a darnos las armas y tecnología que necesitábamos para defendernos de una amenaza mortal tal como lo era aquella.

¿Yo? Yo siempre había sido escéptica y extremadamente pragmática. Si era necesario hacer algo para proteger mi país, entonces lo hacía. En el pasado había estado preocupada por los problemas comunes: terrorismo, calentamiento global, traficantes de armas, tráfico de drogas, *hackers* internacionales tratando de apropiarse de nuestra energía o sistemas bancarios. ¿Y ahora? Alienígenas. Aún no podía asimilarlo completamente, a pesar del hecho de que había visto horas de vídeos y entrevistas de los capitanes dorados, que venían de un planeta llamado Prillon Prime. Dos metros de sensualidad sobre dos pies.

Así que... Solo una. Había visto una sola raza de alienígenas de las miles que supuestamente había. Incluso, las personas que trabajaban en su centro de procesamiento, estas Guardianas, eran humanas a las que probablemente les habían lavado el cerebro.

En lo que respecta a su primer contacto, los guerreros de Prillon no estaban siendo muy convincentes. Uno se imaginaría que tendrían preparada una mejor estrategia de propaganda. Esto, o les importaba un bledo lo que pensáramos, pues estaban, efectivamente, diciendo la verdad, y una raza de alienígenas agresivos y viles, como los Borg de *Star Trek*, estaba esperando su oportunidad para destruir toda la vida sobre la faz de la Tierra.

Me decantaba por la teoría número uno, pero no podíamos descartar la posibilidad de la teoría número dos. La Tierra no quería ser *asimilada*.

¿Mi trabajo? Descubrir la verdad. Y la única manera de hacer esto era que alguien fuese al espacio. Aún no estaban transportando a los soldados, así que, por suerte para mí, tomaría el otro camino. El Programa de Novias Interestelares.

Así no era como me imaginaba mi gran día. No, quería lo típico: un vestido blanco ridículamente costoso, flores, música sentimental tocada con arpas, y un montón de familiares sentados en los bancos, por los que estaría pagando una fortuna en comida, y que, probablemente, no habría visto en una década.

Hablando de bodas, ¿cómo demonios habían sido emparejadas a alienígenas estas mujeres si, hacía solo un par de meses, la humanidad siquiera sabía que ellos existían?

—¿Cómo se siente? —preguntó la guardiana Egara, y caí en cuenta de que, probablemente, había estado mirando al horizonte por algunos minutos mientras mis pensamientos corrían uno tras del otro en círculos dentro de mi cabeza.

—¿Cómo me siento? —repetí.

¿En serio? Me tomé un momento para pasar revista a mi cuerpo. Mi vagina estaba empapada, y la bata que estaba arrugada debajo de mí, totalmente mojada. Mi clítoris palpitaba al ritmo de mi pulso, y justo había tenido dos de los más increíbles orgasmos de toda mi vida. Era un buen día para ser una espía.

—Como ya lo sabe, es la primera mujer humana en ofrecerse voluntariamente para participar en el Programa de Novias Interestelares, así que tenemos curiosidad en relación con la manera en la que experimentó el procesamiento.

— ¿Soy vuestro conejillo de indias?

Todas sonrieron, pero al parecer, solo la guardiana Egara había sido seleccionada para hablar.

—De cierto modo, sí. Díganos cómo se siente luego del control, por favor.

—Me siento bien.

Mi mirada hurgó cada una de sus serias expresiones, pero la mujer con el cabello oscuro, la que me había despertado de mi sueño, se aclaró la garganta.

—Durante la, uh, simulación...

Ah, así que es así como le llaman.

—... ¿Experimentó el sueño en tercera persona? ¿O se sintió como si estuviese allí realmente?

Lancé un suspiro. ¿Qué otra cosa podía hacer? Se *sintió* como si acabara de tener sexo alucinante con dos inmensos guerreros alienígenas... Y me había encantado.

—Estaba allí. Todo me estaba sucediendo a mí.

—Es decir, ¿sintió que era la novia? ¿Qué su compañero la estaba reclamando?

¿Reclamándome? Lo que sucedió fue *mucho* más que una simple reclamación. Fue... Guau.

—Compañeros. Y sí.

Demonios. Sentí nuevamente el calor que subía por mi cuello y ruborizaba mis mejillas. ¿Compañeros? Eran dos compañeros. Pero ¿por qué confesé eso?

La guardiana Egara aflojó sus hombros.

—¿Dos compañeros, correcto?

—Exactamente lo que dije.

Dio una palmada, y me di la vuelta para ver la alegre expresión de alivio en su rostro.

—¡Excelente! Ha sido asignada a Prillon Prime, así que todo parece estar funcionando a la perfección.

¿Un enorme guerrero dorado para mí sola, justo como los que aparecían en televisión? Muy bien. Y qué conveniente el hecho de que no haya sido asignada a alguna de las *otras* razas. Realmente me preguntaba si los otros siquiera existían.

La Guardiana se dirigió a una de las otras mujeres:

—Guardiana Gomes, si fuera tan amable de informarle a la Coalición que el protocolo ha sido integrado en la población humana y que parece ser totalmente funcional. Deberíamos poder procesar novias en los siete centros dentro de un par de semanas.

—Por supuesto, guardiana Egara. Será un placer —respondió la guardiana Gomes, con un marcado acento portugués—. Ansío regresar a Río para ver a mi familia.

La guardiana Egara suspiró con alegría y se alejó para tomar una tableta de la mesa que estaba en el extremo de la habitación antes de regresar conmigo.

—De acuerdo. Ya que es la primera mujer en el Programa de Novias Interestelares, espero que tenga paciencia mientras nos ocupamos de los protocolos.

Sonrió, y la expresión en su rostro se veía radiante, como si estuviese encantada de enviarme fuera del planeta para casarme con un alienígena que jamás había conocido. ¿Estas mujeres *realmente* habían estado casadas con ellos? ¿Por qué eran ellas las que hacían preguntas? Quería saber más. Hacía un par de meses, los alienígenas eran solo hombrecillos verdes que aparecían en las películas, o cosas asquerosas con tentáculos que o bien nos cazaban o plantaban larvas en nosotros que hacían explotar nuestros pechos.

Vale. Había visto demasiadas películas de ciencia ficción. Y ahora que estaba efectivamente espantada, decidí que era un buen momento para ganar algo de tiempo.

—Eh... Tengo que hablar con mi padre antes de continuar con esto. Debe estar preocupado.

—Oh, ¡por supuesto! —dio un paso atrás y bajó la tableta, colocándola a su lado—. Debería despedirse, Amanda. Una vez que comencemos con el protocolo, será procesada y transportada de inmediato.

—¿Hoy? ¿Ahora?

Oh, demonios. No estaba lista para esto *ahora*.

Asintió.

—Sí. Ahora. Iré a buscar a su familia.

Me dejó sola, las otras mujeres salieron en fila india detrás de ella. Miré al techo, apretando y relajando mis puños, tratando de mantener la tranquilidad.

¿Lo de mi padre? Pues, no era tan cierto. No era mi familiar, pero la Guardiana no sabía eso. No había regresado a mi casa en Nueva York en dos meses. ¿Hogar? Era más un apartamento en el que dormía cuando no tenía ninguna misión. Lo cual sucedía... Prácticamente nunca. Pero bueno, al menos no lo extrañaría.

Mi jefe me había llamado durante mis únicos tres días libres de los últimos tres meses, me hizo volar directamente desde Nueva York hasta el Pentágono para tener extensas reuniones de información y preparación en el curso de dos intensos meses. Cuando aterricé en Miami, me recogieron en una limosina. Debí de haber sabido que no regresaría a casa antes de que el procesamiento ocurriera. Demonios, *sí* lo sabía, pero en algún pobre y recóndito lugar de mi corazón tenía la esperanza de que todo esto fuese una gran broma.

No tuve tal suerte, y no había nada que pudiera hacer para cambiarlo. No era posible negarle algo a la Compañía. Mi trabajo no es ese tipo de trabajo en el que puedes renunciar. No era la Mafia, pero un espía no podía simplemente renunciar y luego convertirse en profesor. *Siempre* había alguna nueva misión. Algún trabajo. Una nueva amenaza, un nuevo enemigo.

¿Pero enviarme al espacio como una novia alienígena? Es algo fuera de serie, incluso para ellos. Aun así, sabía por qué había sido seleccionada. Hablaba cinco idiomas con fluidez, había sido una agente activa por cinco años, y aún más importante, era soltera; no tenía ningún tipo de lazos familiares ni nada que perder. Mis padres estaban muertos, y yo era una mujer. Al parecer, los alienígenas solo solicitaban novias femeninas. Me preguntaba si alguno de ellos era gay. ¿Los guerreros gay solicitarían novias? ¿O solo ligaban con sus colegas guerreros y lo dejaban así?

Había tantas preguntas sin respuestas. Por esto me necesitaban.

¿Conejillo de indias? ¿Un cordero para el sacrificio? Sí. En pocas palabras.

La pesada puerta se abrió de par en par y mi jefe entró en la habitación, seguido de un hombre que reconocía, pero no conocía muy bien. Ambos vestían trajes azules, camisas blancas con botones, una corbata amarilla y una de cachemira. Su cabello se estaba volviendo gris cerca de las sienes, y ambos tenían cortes de estilo militar. Eran hombres comunes y corrientes, hombres a cuyo lado podrías pasar en alguna calle concurrida y jamás los tomarías en cuenta, a menos que los mirases a los ojos. Eran dos de los hombres más peligrosos que conocía; y conocía a un buen número de aquellos en mi profesión. Habían sido elegidos por el Presidente para hacer lo que sea que fuese necesario para descubrir la verdad sobre esta nueva amenaza extraterrestre.

Aparentemente, yo no era la única que no se tragaba toda la palabrería de—*estamos aquí para salvaros, solo dadnos a vuestros soldados y mujeres*— que estos alienígenas escupían. Ningún gobierno de la Tierra estaba contento, y los Estados Unidos, junto a sus aliados, estaban decididos a averiguar la verdad. Y, con mi ascendencia mixta de un padre irlandés y una madre mitad negra, mitad asiática, todos estaban de acuerdo en que representaba una gran parte de la humanidad. Pidieron que me ofreciera voluntariamente para esta misión.

Vaya suerte la mía.

—Amanda.

—Robert —asentí con la cabeza hacia el hombre silencioso que estaba a su derecha, y no tenía ni idea si conocía su nombre real— Allen.

Robert se aclaró la garganta.

—¿Cómo te fue con el procesamiento?

—Bien. La guardiana Egara dijo que he sido asignada a Prillon Prime.

Allen asintió.

—Excelente. Los guerreros de Prillon están a cargo de toda la flota de la Coalición. También hemos sido informados de que mantienen a sus novias junto a ellos en las naves de guerra, en la línea de fuego de esta supuesta guerra. Deberías tener acceso a las armas, información táctica, y a su tecnología más avanzada.

Fantástico. Dos semanas atrás, cuando estuve de acuerdo con aceptar esta misión, habría estado entusiasmada. ¿Pero ahora? Mi corazón latía con fuerza ante la idea de que lo que realmente quería era acceso ilimitado a los cuerpos ardientes de los dos dominantes guerreros alienígenas...

Robert se cruzó de brazos y me fulminó con la mirada, intentando hacer su cara de figura paterna protectora. Su juego había dejado de engañarme desde hacía años, pero le seguí a corriente mientras continuaba.

—Aunque el Programa de Novias parece estar en funcionamiento, aún no están listos para comenzar a procesar nuestros soldados para su ejército. No completarán todas las pruebas sino hasta dentro de unos días. Cuando lo hagan, enviaremos a dos de nuestros hombres para que se infiltren en la unidad y te ayuden con tu misión. Los hombres ya han sido seleccionados. Son buenos hombres, Amanda. Completamente negros.

—Entendido.

Y realmente lo había entendido. Con "negros" se refería a que eran recursos de operaciones especiales, tan esenciales para la seguridad nacional que oficialmente no existían. Estaban enviando a súper soldados para que cubrieran todas sus bases. Yo estaría en la cama del enemigo, y los soldados en sus unidades militares.

—Averigua, de algún modo u otro, el verdadero alcance de la amenaza que representa el Enjambre para la Tierra, envía sus armas y los planos de ingeniería de sus naves, y también cualquier otra cosa que logres conseguir.

Conocía las instrucciones, pero Robert no dudó en repetirlas por última vez.

Los alienígenas habían ofrecido protección a la Tierra de manera generosa, pero se negaban constantemente a compartir con la Tierra su avanzado arsenal o la tecnología de sus transportadores. Los gobiernos de la Tierra no estaban contentos con esto. No había nada como estar en la cima del mundo, ser una superpotencia por décadas, y luego salir con el rabo entre las piernas, quedando en el último plano. Ya no éramos solo *nosotros*, los humanos. Había un universo entero repleto de planetas, razas, culturas y... Enemigos.

Robert elevó su brazo a la altura de mi hombro y lo apretujó.

—Contamos contigo. Todo el mundo está contando contigo.

—Lo sé —¿Sin presión, cierto?—. No os decepcionaré.

La guardiana Egara escogió ese preciso momento para regresar; su usual sonrisa brillante y su alegre actitud era ahora fría y opaca. No estaba segura de lo que opinaba sobre mis dos visitantes, pero sea como fuese, no estaba muy contenta al respecto.

—Entonces, ¿está lista, señorita Bryant?

—Sí.

—¿Nos disculpáis, caballeros?

Cuando los dos hombres en traje se hubieron ido, la Guardiana se volvió hacia mí; tenía la tableta sobre su regazo y su sonrisa era genuina.

—¿Se encuentra bien? Sé que puede resultar difícil dejar a nuestra familia.

Miró sobre su hombro en la dirección de la puerta cerrada, y caí en cuenta de que se estaba refiriendo a Robert, mi supuesto padre.

Dominada por sus compañeros

—Oh, pues... Sí. Estoy bien. No somos tan... cercanos.

La Guardiana me estudió con atención por un momento, debió de haber notado que no tenía ningún lazo emocional, y prosiguió:

—Está bien. Comenzando con el protocolo... Para que quede constancia, diga su nombre, por favor.

—Amanda Bryant.

—Señorita Bryant, ¿está o ha estado usted casada?

—No.

Había estado comprometida una vez, pero aquello se acabó la noche en la que le conté a mi prometido a lo que me dedicaba. Se supone que no debí haberle contado que era una espía, así que peor para mí...

—¿Tiene algún hijo biológico?

—No.

Tocó la pantalla un par de veces sin mirarme.

—Debo informarle, señorita Bryant, que tendrá treinta días para aceptar o rechazar al compañero que le haya sido asignado por medio de los protocolos de emparejamiento del Programa de Novias Interestelares.

—De acuerdo. ¿Y qué sucede si rechazo a mi compañero? ¿Me enviarían de vuelta a la Tierra?

—Oh, no. No habrá regreso a la Tierra. A partir de este momento ya deja de ser ciudadana de la Tierra.

—Espere. ¿Qué?

No me gustaba nada como sonaba eso. ¿No regresaría nunca? ¿Jamás? Me imaginé que estaría ocupándome de la misión un año o dos, y luego regresaría a casa, iría de vacaciones a alguna playa arenosa, y disfrutaría una piña colada durante un par de años. ¿Ahora ni siquiera podría regresar a casa? ¿Me quitarían mi ciudadanía? ¿Siquiera podían *hacer* eso?

Repentinamente, me encontré temblando, y esta vez no con emoción o excitación, sino con miedo. Nadie en la oficina había dicho que no regresaría. Debían de haberlo sabido. Dios, ¿luego de cinco años de servicio simplemente me estaban enviando al espacio exterior así como así? ¿Cómo una clase de noble sacrificio? Esos imbéciles en la agencia habían olvidado, oportunamente, mencionarme este pequeñísimo detalle.

—Usted, señorita Bryant, ahora es una novia guerrera de Prillon Prime, sujeta a las leyes, costumbres y protección de ese planeta. Si su compañero es intolerable, podrá solicitar un compañero principal luego de treinta días. Puede continuar el proceso de emparejamiento en Prillon Prime, hasta que consiga un compañero que *sea* aceptable.

Tiré de los sujetadores en la mesa, mi mente era un torbellino que se desplazaba a mil kilómetros por hora. ¿Podría escapar? ¿Podría cambiar de parecer? ¿Por siempre? ¿Nunca regresaría a casa? La realidad de abandonar la tierra para siempre se enterró en mi pecho hasta que no pude tomar suficiente aire. La habitación comenzó a dar vueltas.

—Señorita Bryant... Oh, cielos.

La mano de la guardiana Egara se retiró de su tableta por unos cuantos segundos antes de colocarla en la mesa que estaba a sus espaldas.

—Estarás bien, cariño. Lo prometo.

¿Lo promete? ¿Prometía que estaría bien al ser transportada al espacio exterior y nunca... jamás volviendo a casa?

La pared que estaba a mis espaldas se iluminó con una extraña luz azul, y la silla sobre la cual estaba sentada se sacudió ligeramente; comenzó a moverse de lado a lado, dirigiéndose hacia la luz.

No podía mirar. En lugar de eso, cerré los ojos y me enfoqué en llenar mis pulmones con aire fresco. Yo no entraba en pánico. Jamás. Esto no era propio de mí.

Sin embargo, tampoco había tenido múltiples orgasmos en ninguna silla de examinación. Y jamás había tenido fantasías de dos amantes tomándome al mismo tiempo. Lo que me hicieron sentir no era como nada de lo que había sentido anteriormente en la Tierra. ¿Sería como esto? ¿Mis hombres me harían sentir así?

Los cálidos dedos de la Guardiana se aferraron a mi muñeca con gentileza, y abrí los ojos para conseguirme con su rostro preocupado cerca del mío. Me sonrió, tal como sonreiría una maestra de preescolar frente a un niño de cuatro años asustado en su primer día de clases.

—No te preocupes demasiado. La coincidencia fue del noventa y nueve por ciento. Tu compañero será perfecto para ti, así como tú para él. El sistema funciona. Cuando te despiertes, estarás con tu compañero. Él te cuidará. Serás feliz, Amanda. Lo prometo.

—Pero...

—Cuando se despierte, Amanda Bryant, su cuerpo estará preparado para las costumbres correspondientes de Prillon Prime y para las necesidades de su compañero —su voz se había vuelto más formal, como si estuviese recitando otro protocolo de memoria.

—Espera, yo... —mis palabras se vieron interrumpidas cuando dos largos brazos metálicos con agujas enormes en los extremos se dirigían a cada lado de mi rostro—. ¿Qué es eso?

Sabía que sonaba como si estuviese aterrorizada, pero no podía evitarlo. Las agujas no eran lo mío.

—No te preocupes, cariño. Implantarán las unidades de procesamiento neuronal que se integrarán en el centro de lenguaje de tu cerebro, permitiéndote hablar y comprender cualquier idioma.

Vale. Demonios, supongo que estaban a punto de implantarme parte de su avanzada tecnología. Permanecí totalmente inmóvil mientras las dos agujas perforaban los lados de mis sienes, justo arriba de mis orejas.

Si todo lo demás fallaba, podía regresar a casa y Robert extraería ese maldito chip, o lo que sea que fuese, de mi cabeza. Lo triste es que sabía que lo haría.

—Pero ¿y qué si nunca regreso? ¿Qué sucedería si los alienígenas estuvieran diciendo la verdad? ¿Y si me enamorara de mi compañero...?

Mi silla se deslizó dentro de una pequeña cámara y fui descendida, junto con la silla, hacia un tubo cálido y relajante lleno de extraña agua azul.

—Su procesamiento comenzará en tres... dos... uno.

2

Comandante Grigg Zakar, Flota de la Coalición, Sector 17

La nave exploradora del Enjambre pasó a toda velocidad justo cerca de la punta del ala derecha de mi caza, y lo dejé ir, sintiéndome mucho más preocupado por el crucero de ataque, mucho más grande y altamente blindado, que estaba ante mí.

—Nave capitana en el rango de alcance. Voy a entrar —informé a mi tripulación, a bordo de la *Nave Zakar*, mi navío de guerra, para que pudiesen coordinar al resto de las alas de batalla alrededor de mi unidad de asalto.

—No hagas nada estúpido esta vez.

La voz seca que llegó a mis oídos pertenecía a mi mejor amigo y al doctor más prestigioso en este sector del espacio, Conrav Zakar. Rav, pues para mí siempre había sido Rav, también era mi primo. Habíamos luchado juntos desde hacía más de diez años, y habíamos sido amigos por mucho más tiempo que eso.

No podía evitar que las comisuras de mis labios se alzaran en una sonrisa irónica. Incluso en medio de una batalla, aquel imbécil aún me divertía.

—Si hago algo así, prepárate para echarme un remiendo.

—Un día de estos te dejaré desangrarte —dejó escapar una risa, y mi sonrisa se transformó en una sonrisa burlona detrás de la máscara transparente de mi casco de piloto.

—No, no lo harás —sacudí la cabeza debido al humor negro del bastardo mientras apuntaba hacia un punto débil situado en la parte inferior del navío del Enjambre, y disparé un cañón sónico esperando que desintegrase a la maldita nave.

A mi derecha, volando en formación de batalla, dos pilotos de mi unidad de combate disparaban cañones de iones al mismo tiempo. La luminosidad del ataque era cegadora.

Se oían gritos de júbilo a través de mi equipo de comunicaciones cuando la nave del Enjambre explotó, reduciéndose a pedazos justo frente a mis ojos. Había un par de naves más que debíamos perseguir y eliminar, pero no perdería más cargueros o estaciones de transporte en este sistema solar. No durante un largo rato, por lo menos, y nunca más bajo mi mando.

—Buen trabajo, Comandante —podía oír la sonrisa que se reflejaba en la voz de Rav—. Ahora, trae tu trasero de vuelta a esta nave, en donde debería estar.

—Aquí es donde pertenezco, luchando con los guerreros.

—No por más tiempo —la voz de mi segundo al mando, el capitán Trist, retumbó en mi cabeza; no hizo ningún esfuerzo para ocultar su disconformidad.

Demonios. Era un hombre tan apegado a las reglas, que incluso tenía la guía de normas entera metida en el culo.

—Trist, si me quedara en el puente de comando todo el tiempo te aburrirías.

—Te arriesgas demasiado, Comandante. Corres riesgos que no deberías estar corriendo. Tienes a casi cinco mil guerreros, novias y niños bajo tu responsabilidad.

—Bueno, Capitán, si muriera hoy, estarían todos en buenas manos.

Rav respondió:

—No. Estarían pidiendo clemencia al general Zakar.

—Entendido. Regresando a la nave ahora mismo.

Si los soldados del Enjambre llegaran a asesinarme, o aún

peor, si me capturaran y contaminaran, mi padre, el general Zakar, probablemente vendría hasta aquí y asumiría el mando de la *Nave Zakar* por su propia cuenta. Era verdad que podía llegar a ser algo audaz, pero mi padre era cruel e implacable. Si se reincorporaba al servicio, el número de víctimas aumentaría el doble o el triple para ambas partes.

Habíamos trabajado muy duro para mantener al Enjambre a raya, para prevenir que se expandieran en este sector del espacio. Mi padre trataría de derrotarlos, de hacerlos retroceder. La respuesta del Enjambre sería enviar más soldados, más naves exploradoras. Todo se saldría de control rápidamente y volvería a ser como antes. Habíamos logrado dispersarlos a lo largo de varios sectores del espacio, debilitando a nuestro enemigo poco a poco al negarles nuevas víctimas para asimilarse; y mientras, reducíamos sus filas. La agresividad de mi padre revertiría años de estrategias cuidadosas de la Coalición, años de planificación y trabajo.

Mi padre era demasiado arrogante y tozudo como para entrar en razón. Siempre había sido así.

Tenía dos hermanos menores, ambos estaban todavía en entrenamiento para el combate en el planeta natal de Prillon Prime. Eran diez años menores que yo, y estaban muy lejos de estar preparados para la batalla. Mi muerte obligaría a mi padre a abandonar su función de asesor del Prime, y a prestar servicio activo nuevamente aquí, en las líneas de fuego. La alternativa, retirar el nombre de Zakar y hacer que nuestra nave fuese reasignada a otro clan de guerreros, era inaceptable. Mi padre preferiría morir antes que ver a su familia en deshonor. Este grupo de combate había llevado el nombre de Zakar por más de seiscientos años.

Trist detestaría ser despojado de su autoridad, y las personas en mi navío lo detestarían pues…, demonios, a nadie le agradaba el General. Esto solo demostraba que tenía que mantenerme con vida. Podía no ser simpático ni cariñoso, pero cumplía mi función.

Como comandante, no era necesario que piloteara misiones de combate. Pero sentarme en la silla del comandante, bramando órdenes y viendo a otros guerreros morir en mi lugar, no era lo que yo consideraba honor. Si hubiese sabido lo jodidamente difícil que esto sería, habría rechazado el liderazgo del grupo de combate. Era el comandante más joven en un siglo y, según muchos, el más imprudente. Los generales ancianos me catalogaban como un sin escrúpulos. Pero ellos no comprendían. Necesitaba luchar. Necesitaba sentir la adrenalina. A veces no quería pensar, solo quería luchar... o follar; y puesto que no tenía una compañera, luchar satisfacía la incansable furia que me agobiaba. Incluso ahora, que la misión fue todo un éxito, debería sentirme aplacado. *Aliviado*. No lo estaba. Todo lo contrario.

Quizás una mujer acogedora y deseosa, con su piel suave y vagina húmeda, podría tentarme a abandonar esta racha de combates.

Los equipos exploradores del Enjambre se habían estado infiltrando en nuestro espacio durante varias semanas, enviando a equipos de tres a seis hombres, burlando nuestros perímetros de defensa para rodear y atacar nuestros relés de transporte y cargueros. En pocas palabras, me estaban haciendo lucir mal en mi planeta.

Cada maldita noche, recibía un comunicado de mi padre *luego* de que hubiese leído los reportes de inteligencia del día. Decía que estaba harto de ver que mi sector estuviese perdiendo terreno en esta guerra. Al diablo con eso.

Si el bastardo insufrible me llamaba esta noche, más le valía que fuera para felicitarme por recuperar este tramo del espacio.

Mi mirada se posó en el rastreador que estaba a mi izquierda mientras hacía retroceder a mi pequeña caza y la dirigía hacia la nave, hacia nuestro hogar. Sí, la gigantesca nave de metal era nuestro hogar. Las diminutas explosiones que aparecían sobre la pantalla y el griterío que resonaba en mis oídos me garantizaban que las naves restantes del Enjambre estaban siendo cazadas y eliminadas.

Le ordené a la Séptima Ala de Combate que regresara conmigo mientras las otras dos alas se quedaban para rastrear y eliminar al resto de nuestros enemigos. Tomar prisioneros no era una opción para mí. Cuando el Enjambre tomaba la vida de un hombre, jamás lo recuperábamos. Aquellos que sobrevivían a los Centros de Integración del Enjambre eran soldados perdidos por siempre. Eran enviados a la Colonia para vivir los últimos días de sus vidas como guerreros contaminados, muertos para el resto de nuestra gente.

No. Prefería no tomar prisioneros. La muerte era un acto de amabilidad que estaba más que dispuesto a ofrecer.

—¡Cuidado, Comandante!

La advertencia me alcanzó justo cuando sonaron las alarmas de proximidad en mi nave exploradora. La explosión sónica apenas se había registrado cuando mi nave se derrumbó bajo mis pies.

En un destello de luz radiante, la nave explotó. Mi cuerpo fue expulsado a la oscuridad del espacio; el traje de pilotaje que vestía era lo único que me mantenía con vida. La intensidad de la explosión, la fuerza de la eyección al espacio exterior era mucho peor que cualquier lesión o aventura que haya experimentado.

—¿Comandante? ¿Puedes oírme?

Me encontraba dando vueltas, demasiado rápido como para orientarme, demasiado rápido como para encontrar la gran estrella roja y anaranjada que soportaba a todo el sistema planetario. No tenía manera alguna de retomar el control, de parar. La presión en mis órganos era dolorosa, hacía que tuviese problemas para respirar, me hacía gruñir mientras luchaba por no perder el conocimiento.

—¡Sácalo de allí!

—¡Otra nave!

Perdí la cuenta del número de voces que había, pues un estallido de luz y calor se dirigía hacia mí por el flanco izquierdo. Desechos pasaron a mi lado a toda velocidad, desplazándose mucho más rápido de lo que mis ojos podían seguirlos, mientras la nave del Enjambre explotaba a mí alrededor.

Sentí un dolor agudo y punzante en la pierna y apreté mis dientes mientras el sonido ciceante de mi traje perdiendo presión y valioso aire me helaba la sangre. El sistema de autorreparación del traje comenzó a trabajar de inmediato para cerrar el sello y preservar las condiciones necesarias para la vida. Pero me temía que no estaba funcionando tan rápido como lo necesitaba.

Aún dando vueltas, cerré mis ojos e intenté bloquear todo lo que no fuese la veloz cháchara que tenía lugar dentro de mi casco. La náusea me atacó; la bilis subió a mi garganta.

—Le han dado, Capitán. Su traje está dañado.

—¿Cuánto tiempo le queda?

—Menos de un minuto.

—Transporte, ¿podéis amarrarlo? —preguntó Trist.

—No, señor. La explosión ha estropeado su transmisor de transporte.

—¿Quién está cerca de él? Capitán Wyle, ¿cuál es tu estatus?

—Seis nuevas cazas del Enjambre han sido detectadas, se dirigen directamente hacia él.

—Córtales el paso.

Ese era Trist.

—Estoy en eso —dijo el capitán Wyle.

—No —gruñí, pues Wyle envió a la Cuarta Ala de Combate a una misión suicida contra las cazas del Enjambre que se aproximaban.

—¡Maldición! Sácalo de allí. ¡Ya!

El bramido de Trist me dio migraña.

Las alarmas de advertencia de los sensores en mi cuerpo estaban emitiendo pitidos, como si no supiera que mi presión sanguínea era peligrosamente alta y mi ritmo cardíaco demasiado rápido.

—Enviaré una nave hospital.

Ese era Rav.

—No tenemos tiempo. Wyle, sitúa el rayo tractor sobre él.

—Su traje podría desintegrarse por la presión —dijo Rav, de nuevo.

—Es eso o dejar que el Enjambre lo capture —alegó Trist.

Decidí intervenir en este punto.

—Al diablo con eso —murmuré—. Wyle, hazlo.

Prefería mil veces explotar en un millón de pedacitos antes que terminar siendo parte de la comunidad ciborg del Enjambre.

—Sí, señor.

La energía del rayo tractor del Capitán Wyle me golpeó como si me hubiese estrellado contra un muro de ladrillos; el impulso hizo que mi frente chocara contra mi casco. Con fuerza.

Vi las estrellas frente a mis ojos, y no pude evitar soltar un grito de agonía mientras sentía que alguien arrancaba mi pierna izquierda, partiendo desde la rodilla. A mi alrededor se escuchaban explosiones, y comencé a contarlas como un recurso para no perder el conocimiento.

Cuando llegué a cinco, todo se sumió en la oscuridad.

———

Doctor Conrav Zakar, *Nave Zakar, Estación Médica*

—¿Está muerto?

La voz del nuevo oficial médico sonaba temblorosa, y no tenía tiempo para preguntarle su nombre. Y tampoco me interesaba saberlo.

—Cierra la boca y ayúdame a quitarle su traje de pilotaje.

El traje de pilotaje estándar de la Coalición estaba hecho de un blindaje negro prácticamente indestructible, producido por los generadores espontáneos de materia —o GM, como los llamábamos— de nuestra nave. Utilicé un bisturí láser para cortar una manga antes de que la próxima sugerencia del joven oficial me trajera de vuelta a la realidad.

—¿Por qué no lo colocamos en su plataforma GM y le pedimos a la nave que se deshaga del blindaje?

Brillante. Aunque no significaba que ya me agradase el pequeño bastardo.

—Movámoslo.

Agarré a mi primo y mejor amigo por debajo de los hombros, y lo levanté con toda mi fuerza de guerrero de Prillon. Pude haberlo cargado solo, pero mi asistente dio un paso al frente y tomó a Grigg por las rodillas.

Ya no estaba muriendo. Había cumplido con su parte en la batalla, y ahora era mi turno de cumplir con la mía. Si no hubiese dejado su puesto de comando, entonces ahora estaríamos celebrando con los otros en vez de traerlo de vuelta a la vida. Pero ahora no era tiempo de pensar sobre eso. Grandísimo idiota testarudo.

Lo movimos tan cuidadosamente como pudimos hacia una plataforma oscura en la cual las líneas de cuadrículas verdes y blancas de los sensores de escaneo de los GM comenzaron a trabajar rápidamente examinando la armadura de Grigg, para así poder deshacerse de ella por fases. La capa externa del blindaje de Grigg tenía tantos microcortes que lucía rugosa en vez de lisa y dura. La sangre se escurría de su bota izquierda y chocaba contra el piso como un gorgoteo. Apreté mis dientes. Su casco había sido deformado hasta tal punto, que era imposible quitarle el seguro y extraerlo. El visor del casco estaba hecho añicos; miles de pequeñas grietas me impedían ver el rostro de Grigg.

Si los biosensores no hubiesen insistido en que seguía vivo allí dentro, en que su corazón aún latía, jamás habría imaginado que la persona que estuviera dentro de este blindaje hecho trizas hubiese sobrevivido.

Coloqué mi mano sobre el panel y ordené a la nave que removiese el blindaje de Grigg. Observé, con impaciencia, cómo la tenue luz verde envolvía su cuerpo.

Cuando la luz se hubo desvanecido, Grigg estaba desnudo y sangrante sobre la plataforma. Mi corazón se paralizó.

—Demonios, Grigg. Estás hecho un desastre.

Grigg estaba lleno de sangre; su piel dorada, normalmente oscura, era ahora una extraña mezcla de naranja y rojo. Tenía un corte en la pierna izquierda, entre su rodilla y muslo, que llegaba hasta el hueso; la sangre se precipitaba al piso con cada latido de su corazón.

Arrodillándome, coloqué un vendaje comprensivo sobre la herida. No lo sanaría, pero por lo menos evitaría que se desangrase mientras arrastraba su trasero hacia la cápsula ReGen.

—¡Necesito ayuda por aquí! —grité. Ayudantes y otros técnicos vinieron corriendo—. Ayudadme. Cuidado con su pierna.

Lo levanté, de nuevo, cogiéndolo por debajo de los hombros e intentando sostener su cabeza, que caía floja, tal como la de una muñeca. Otras manos se unieron para levantarlo rápidamente de la mesa.

—¿A la cápsula ReGen?

—Sí. De inmediato.

Nos movimos al mismo tiempo, arrastrando los pies con dirección al tanque de inmersión de cuerpo entero, utilizado para tratar las heridas más graves.

—¿No deberíamos sedarlo primero?

—Cállate o lárgate —bufé.

—Sí, Señor.

La puerta que dirigía a la estación médica se abrió de par en par y el capitán Trist entró en la habitación, echó un vistazo a Grigg y se paró en seco.

—¿Está muerto?

—No. Pero lo estará pronto si no lo llevamos a la cápsula ReGen.

Trist dio un paso adelante y se posicionó entre dos técnicos, ayudando a levantar a Grigg por debajo de su cintura. Si Grigg fuese un guerrero promedio de Prillon, no necesitaríamos a cinco hombres para moverle. Pero era un gigante de dos malditos metros. Grigg, tal como todos los miembros de la clase guerrera en Prillon Prime, era un grandullón con ciento treinta y seis kilos de puro músculo. La raza Prillon, hecha para la guerra, era mucho más grande y fuerte que casi todas las demás razas de la Coalición. ¿Y la familia Zakar? Bueno, Grigg y yo pertenecíamos a uno de los clanes más antiguos de guerreros en el planeta. Tenía una predisposición genética a ser un grandullón.

Exhalé con alivio cuando bajamos el cuerpo del comandante y lo colocamos en la brillante luz azul de la cápsula regeneradora. La cubierta transparente se cerró sobre el cuerpo herido y apaleado de Grigg de forma automática; los sensores comenzaron a trabajar inmediatamente. Dimos un paso atrás y examinamos las ampollas abiertas y las laceraciones en su rostro que eran claramente visibles.

—Tiene suerte de no haber perdido su ojo derecho.

El funcionario médico que me asistió movió sus dedos por rutina sobre el panel de control, ajustando los parámetros para garantizar que Grigg sanara tan deprisa como su cuerpo lo permitiese.

—Tiene suerte de no haber muerto.

Trist asestó un golpe sobre la cubierta transparente, sus palmas cubiertas de sangre.

Se volvió hacia mí y yo sacudí la cabeza.

—No me mires a mí.

—Eres su segundo. Su familia. ¿Es que acaso no puedes controlarlo? No puede seguir haciendo cosas como esta —la ira de Trist tiñó su pálida piel amarilla de un color dorado oscuro—. Él es el comandante de este batallón, no un soldado de la infantería ni un piloto de caza. No podemos permitirnos perderlo.

—Él inspira a la tropa —dijo el funcionario médico que estaba al otro lado de la cápsula ReGen, con respeto y fascinación en su voz—. Hablan sobre él en la cafetería. En todos lados hablan sobre él.

—¿Debes estar presente? —preguntó Trist.

El funcionario echó un vistazo al panel de control.

—El comandante se está recuperando adecuadamente. Todos los protocolos para su regeneración han sido preparados.

—¿Debes estar presente? —repitió Trist.

—No técnicamente.

El joven recluta lucía conmocionado; y su miedo a Trist hacía que su piel pasase de un color pálido a uno ceniza, casi idéntico al de su uniforme. Y con razón. El capitán era casi tan grande como Grigg, y tenía el doble de crueldad.

—Déjanos solos.

En cuestión de segundos, me encontraba a solas con el

capitán, quien se desplomó en un asiento al extremo de la habitación.

—¿Cómo hacer que se detenga? Es como si estuviera loco. Demonios, es como si se hubiera convertido en una bestia furiosa, como un guerrero Atlan cuando ha perdido los estribos.

Ahora que la amenaza había quedado atrás, una mezcla de sentimientos de ira y alivio se apoderó de mí mientras tomaba asiento al lado de Trist y echábamos una ojeada al cuerpo inconsciente del comandante. Había sangre en nuestras manos, en nuestros uniformes.

—No podemos detenerlo.

Bajé la mirada hacia mis palmas ensangrentadas. Quería estrangular a Grigg. Lo amaba como si fuese mi propio hermano, pero había permitido que la ira de su padre le hiciera ir demasiado lejos. Corrió demasiados riesgos. Estaba jugando con fuego, y se estaba quemando. Estaba vivo, así que no había sido un fracaso total, ¿pero qué sucedería la próxima vez? ¿Y la siguiente? Eventualmente la suerte dejará de sonreírle. La próxima vez podría morir realmente.

Había tenido suficiente. Trist también.

Había pensado mucho en aquello y una única solución me venía a la mente, solo que jamás la había mencionado antes. No existía ningún secreto entre Grigg y yo, pero este lo había escondido. Lo había considerado. Lo había descartado en el pasado. Pero ahora, ahora que estaba en una cápsula ReGen, recuperándose de una maldita arteria femoral cortada, un fémur roto, una contusión severa, y quién sabe de qué otra cosa, decidí que ya era tiempo para eso.

—Nunca lo convenceremos de que pare, pero su compañera podría hacerlo.

Trist estiró sus piernas.

—Él no tiene una compañera.

Me volví lentamente para observarlo de frente.

—Entonces necesitamos conseguirle una.

Trist me miró. —¿Y cómo?

Entonces me levanté, dando vueltas en la habitación.

—Ahora tú estás a cargo.

La jerarquía era algo que enseñaban en el primer día de la escuela de combate. No era algo que tuviese que explicarle a Trist.

—¿Y?

—Él es un comandante en la flota de la Coalición. Es elegible para solicitar una novia idónea para él en el Programa de Novias Interestelares. Encárgame procesarlo para conseguir una novia adecuada. Encárgame pasarlo por el protocolo de selección.

Los ojos de Trist se abrieron como platos solo con la mención de la idea. Él no vivía su vida al límite, tal como Grigg lo hacía. Él pensaba las cosas clara y metódicamente.

—¿Y qué sucederá cuando se despierte?

Sonreí burlonamente. También había pensado en todo este asunto clara y metódicamente.

—El proceso ocurre a nivel subconsciente. Será como un sueño. No recordará nada hasta que sea demasiado tarde. No se enterará de lo que hemos hecho hasta que llegue su compañera en persona.

Trist sonrió. Joder, el hombre realmente sonrió. Nunca lo había visto hacer eso. Pensé que su rostro estaba roto o congelado eternamente en una expresión benévola.

—Y entonces estará demasiado ocupado follándola como para interesarse por eso, o para meterse en más líos.

Trist me miró por cinco segundos antes de echarse a reír a carcajadas.

Estaba demasiado asombrado por el sonido de su risa como para procesar las palabras que había dicho.

—Hazlo, doctor. Consíguele una compañera. Es una orden.

3

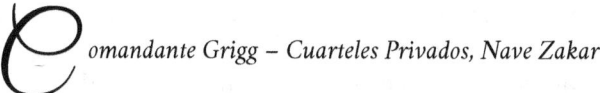

Comandante Grigg – Cuarteles Privados, Nave Zakar

Por la décima noche consecutiva, me encontraba mirando impacientemente al techo sobre mi cabeza. Estaba esperando a alguien. A *ella*.

No sabía quién era. ¿Una diosa, quizás? ¿Un producto de mi imaginación? ¿Una imagen evocada por mi roce con la muerte?

Todo lo que sabía era que mi pene se volvía duro como una piedra; y la suavidad de su piel, la húmeda calidez de su vagina me perseguía hasta en sueños, hasta que me despertaba gimiendo y bañado en sudor, viéndome obligado a tocar mi pene para aliviar la incomodidad. No necesitaba mucho tiempo, una caricia o quizás dos, para correrme como si fuese un muchacho excitado.

Ella rondaba en mi cabeza.

Incluso ahora, durante el cuarto y último turno en el programa de la nave, mientras la mayoría de mi gente dormía, yo no podía hacerlo. No había podido descansar desde que me desperté dentro de la cápsula ReGen ante el ceño fruncido de Rav y el gesto amargado del capitán Trist. No habían dicho ni una sola palabra sobre mi reciente encuentro con la muerte. No había sido necesario. Mi padre había vociferado por dos horas enteras hasta que su rostro se hubo teñido de anaranjado brillante por la ira, y me temía que mis orejas comenzarían a sangrar. De nuevo.

—Ah, idos al diablo. Todos vosotros —dije a nadie en particular, estaba solo en mi cuartel espacioso y sobre mi enorme cama, aunque era lo suficientemente grande como para albergar a tres o cuatro cuerpos sobre ella.

No es que no pudiese encontrar una mujer para hacer mi cama más acogedora, si lo deseara. Pero no quería. Por lo menos, jamás me había preocupado en esto, sino hasta ahora.

Cuando era más joven y mientras estaba de permiso, tuve compañía femenina de sobra para satisfacerme. A medida que cumplía más años y subía en rango, las mujeres esperaban más. Para ellas, ya no era suficiente con follar a un guerrero joven y fuerte. Ahora me miraban con miradas calculadoras. Ahora era un comandante y tenía *valor*. No querían follarme *a mí*, a Grigg. Querían ser *emparejadas* a un comandante de Prillon. Querían el estatus, el rango; la riqueza y el poder.

Pero follar y tener una compañera eran dos cosas totalmente distintas. Follar significaba tener un par de horas de placer sin ataduras. Unirse a una compañera significaba... todo.

Puse mi mano sobre mi mástil. Mi miembro palpitaba y estaba listo para descargarse. Froté varias veces la parte inferior con mi pulgar. Sabía cómo correrme, y lo hice rápidamente. Mi cuerpo se tensó; mi respiración se interrumpió mientras una visión borrosa de *ella* invadía mi mente, y mi semen salió disparado sobre mi mano.

Mis pelotas estaban vaciadas —por ahora— y suspiré; aparté las sábanas y caminé desnudo hacia el baño contiguo. Demonios, se me había puesto dura de nuevo. Quizás algo estaba mal conmigo. No iba a decirle a Rav que mi pene se ponía duro una y otra vez porque pensaba en una hermosa mujer. Suspiré, tomando mi pene de nuevo entre mis manos. Sí, por supuesto que me creería. Aún peor, quizás me creería en serio y entonces se partiría de la risa.

Una ducha caliente podría ayudarme a dormir, pero antes tenía que aliviar el dolor que asomaba en mis pelotas de nuevo.

Unos momentos más tarde, cerré mis ojos y dejé que el agua caliente corriera sobre mi cuerpo. Me lavé rápidamente, disfrutando el privilegio y la tranquilidad. No necesitábamos agua para bañarnos, pero manteníamos la antigua tradición solo por una simple razón... Placer.

Mi duro miembro estaba empapado, y una gota de líquido preseminal se formó en la punta. Diablos, quizás la cápsula ReGen me había sanado demasiado bien y me había dado una especie de súper pene, porque nunca me había recuperado tan rápidamente como lo había hecho. Envolviendo mi mano alrededor de la cabeza de mi miembro, me di la vuelta en torno al chorro de agua, me recosté contra la tubería mientras el calor me abrigaba, y traté de *recordar*.

Aquel sueño. Su vagina húmeda. Sus grandes pechos redondos. El extraño color de su piel, su cabello y ojos oscuros, extraños y exóticos. No era una mujer dorada de Prillon, sino una alienígena. Extraña. Hermosa. Separaba sus piernas y los labios de su vagina con mi rígido...

—¡Comandante!

La voz agitada retumbó a través del intercomunicador del baño, y me quedé de piedra bajo la ducha. Demonios.

—Zakar al habla —bufé.

Mis pensamientos sobre *ella* eran mucho más claros ahora. Recordaba más detalles sobre ella, y aquella llamada había interrumpido mi visión. El momento había sido arruinado, ella había desaparecido una vez más en los rincones de mi mente.

—Comandante, tenemos una emergencia. Le necesitamos en la estación médica número uno.

—¿Qué sucede?

Hubo un breve silencio, y acaricié mi pene una vez, luego dos veces, y entonces solté un gruñido. Esta vez no tuve tiempo de correrme. Tendría que meter mi pobre miembro en un uniforme decente y soportar el traje negro y rígido apretando mi pene y mis pelotas, tal como si fuese una llave.

—El doctor Zakar ha dicho... No puedo decírselo, señor.

Me reí entre dientes. No podía imaginarme lo que el listillo de mi primo le había ordenado decir al joven oficial.

—Habla tranquilamente. ¿Qué dijo?

Suspirando, el oficial respondió:

—Dijo que debía mover su trasero hacia la estación médica y apurarse de una vez por todas. Su compañera ha llegado.

—¿*Mi qué?* —mi potente voz retumbó en las paredes del pequeño baño.

—Debo terminar esta llamada ahora. Lo siento, señor.

El intercomunicador se cortó y comencé a enjuagar y secar mi cuerpo. Mi cabeza estaba dando vueltas.

¿Mi compañera? ¿De qué rayos estaba hablando?

Unos minutos después me encontraba corriendo a lo largo del corredor verde hacia la estación médica número uno, en donde hallé a mi primo caminando de un lado a otro.

—¿Qué demonios, Rav?

Se dio la vuelta apenas escuchó mi voz.

—¡Por los cojones de Prime, Grigg! Eres increíblemente lento.

Rav estaba tenso. Las venas de su cuello y sienes se tensaron; sus ojos brillaban de la emoción o del terror; no estaba seguro de cuál de las dos anteriores era. La necesidad de brindar tranquilidad y control, incluso con mis guerreros, se apoderó de mí. Mi pulso se desaceleró mientras colocaba mi mano sobre el hombro de Rav, dándole un apretón.

—Estoy aquí. Dime lo que necesitas.

Rav se mantuvo erguido, cerró los ojos y respiró profundamente. Cuando estuve seguro de que se encontraba bien, solté su hombro y esperé.

Rav abrió sus ojos, el brillo en sus ojos aún permanecía allí, indescifrable.

—Está aquí.

—¿Quién?

—Su nombre es Amanda Bryant. Viene de un nuevo planeta aliado llamado la Tierra.

—¿Quién es ella? ¿Por qué está aquí?

—Es tu compañera ideal, Grigg. Nuestra compañera.

Mi respiración se vio interrumpida. La cápsula ReGen. Los sueños. Maldición, esos sueños. Mi pene comenzaba a despertarse. Los sueños eran reales. Ella tenía un nombre. Amanda Bryant.

—¿Qué has hecho?

Rav se dio la vuelta y no respondió. En vez de explicarse, se dirigió hacia un pabellón médico, y yo lo seguí. La puerta se cerró en silencio detrás de nosotros. Las máquinas emitían algunos sonidos, pero todos los técnicos trabajaban en silencio y eficientemente. Estaba demasiado enfocado en Rav como para contar el número de pacientes que había, pero la unidad podía manejar tres casos críticos al mismo tiempo y tenía casi veinte camas adicionales. El pabellón estaba repleto de funcionarios médicos con uniformes grises y un par de doctores vestidos de verde. Los ignoré a todos, pues aún esperaba la respuesta de Rav.

—Solo he hecho lo que ordenó el capitán Trist.

No le creí ni por un segundo. Trist seguía las reglas. Rav, no. Solo seguiría las órdenes de Trist si yo estuviera fuera de servicio, como si...

Maldición. Como si estuviese medio muerto e inconsciente dentro de una cápsula ReGen.

—¿Conrav?

Dije su nombre completo. Yo *jamás* utilizaba su nombre completo.

—Estabas muriendo.

—¡Rav! —grité, y los médicos se sobresaltaron.

—Es hermosa, Grigg —dijo. Su voz sonaba casi... ¿Anhelante?—. Es tan suave.

Se acercó a mí, y bajó la voz para que solo yo pudiese oírle.

—Tiene muchas curvas. Dios, su vagina es tan rosa. Y su trasero. Diablos, he estado listo para tomarla desde el momento en que fue traída hasta aquí. Tienes que verl...

Un gemido suave y femenino se escuchó desde el otro lado de una de las habitaciones privadas para chequeos médicos; y el sonido siguió su camino hasta ser oído por mi deseoso pene. Mis ojos se abrieron de par en par, pues reconocía aquel sonido muy dentro de mí. Lo había oído en mis sueños. Me había corrido hacía no mucho anhelando oír ese sonido.

Rav se sonrió como si fuese un niño en su cumpleaños a punto de abrir el regalo más grande.

—Está despertando.

A pesar de mi molestia con Rav y la interferencia de Trist, me sentía intrigado y seguí los pasos del doctor mientras entraba en la pequeña sala de examinación.

—¿Es mía?

—Sí. Ha sido elegida utilizando los protocolos de procesamiento del Programa de Novias Interestelares. La coincidencia ha sido de casi ciento por ciento. Es perfecta para ti en todos los sentidos.

Estaba harto de que la Coalición dictara cada detalle de mi vida, y no estaba seguro de que todo esto fuera diferente. Había tantos protocolos, todos impecables. Como líder, estaba realmente harto del protocolo. Es por eso que había ascendido a Trist para que fuese mi segundo al mando. A él le encantaban esas cosas.

—Mira, primo, sé que estás emocionado, pero no creo...

Y entonces la vi. Mi compañera. Mi novia. Y me paré en seco. Rav sonrió y dio un paso por delante de mí, tomando todos sus implementos médicos para algo.

—¿Para qué es eso? —pregunté, mi voz estaba llena de fascinación.

—Para su examinación y análisis. Tuve que esperar hasta que ella estuviera despierta, y hasta que tú estuvieras aquí.

Era preciosa. Su abundante cabello oscuro, sus bucles oscuros se desparramaban sobre la delgada almohada. Su piel no era ni dorada ni amarilla como la de las mujeres de Prillon, sino que tenía un color mucho más suave y profundo, como crema oscuro. Estaba recostada en la mesa de examinación.

—¿Fue transportada hasta aquí?

Rav negó con la cabeza.

—Hasta la sala de transporte, pero fue transferida hacia aquí.

—¿Así? —me puse furioso, pues estaba maravillosamente desnuda, y era *mía*—. ¿Quién la vio así?

La expresión de entusiasmo en el rostro de Rav —por ser su segundo compañero— se transformó rápidamente en el rostro frío de un doctor.

—Estuve allí para recibirla. La envolví enseguida en la sábana sobre la cual está acostada.

Vi la funda blanca que colgaba en los extremos de la mesa.

—Nadie la ha visto así. Solo yo.

Miré hacia atrás, la puerta estaba firmemente cerrada.

—Así es, Rav. Nadie la verá así. Nunca —pronuncié las palabras emitiendo un gruñido, sintiendo la necesidad instintiva de protegerla con una rapidez y ferocidad que jamás había creído posibles.

Mi reacción era ilógica, pues nuestra ceremonia sería presenciada y bendecida por los guerreros que seleccionase, a aquellos que Rav o yo decidiéramos honrar con mi confianza durante nuestro derecho sagrado. Pero ellos nos verían follándola, reclamándola, haciéndola nuestra; no estarían observando su hermoso cuerpo.

Su rostro lucía delicado y mucho más suave que el de cualquier mujer que hubiera visto alguna vez. Sus senos eran grandes y maduros, y su vagina era, tal como Rav lo había prometido, de un fascinante color rosa oscuro que no había visto nunca antes. Anhelaba inclinarme y recorrer sus delicados surcos con mi áspera lengua, anhelaba probar su exótico sabor. Quería calzar mis hombros entre sus perfectas piernas y separarlas para poder follarla con mi lengua. Se me hacía agua la boca solo con ese pensamiento.

—¿Qué tipo de mujer dijiste que era? —pregunté, sin apartar la mirada.

Ella se revolvió en la cama, pero sus ojos aún no se habían abierto. Era como si estuviera despertando luego de haber tomado una siesta, no luego de haber sido transportada desde el otro lado de la galaxia.

—La Tierra. A su raza le llaman la raza humana.

—Nunca había visto a una mujer como ella.

Jamás. Era hermosa, exuberante, exótica. No podía compararla con ninguna mujer que hubiera visto antes.

—Es la primera novia que han traído de su mundo.

Esto me impactó lo suficiente como para volverme hacia Rav.

—¿La primera novia?

Asintió con la cabeza.

—Sí. A la Tierra se le ofreció una afiliación provisional a la Coalición hace un par de semanas. El Enjambre expandió sus rutas de exploración a los espacios ultraterrestres, zona de transporte 2.

Entonces comprendí.

—Iban tras los guerreros de la Colonia.

Rav asintió.

—Es lo más probable. Pero en vez de eso se toparon con la Tierra. Su ataque obligó a la Coalición a que estableciera contacto con la Tierra. Su gente se ha enterado de que existen otras criaturas en el espacio hace solo un par de semanas.

Recordé los reportes. Era un planeta pequeño. Aparentemente hermoso. Un espectacular remolino de azul y blanco con un primitivo…

—La Tierra no obtuvo una afiliación total debido a su barbarie, si recuerdo correctamente. ¿Se negaron a unirse y elegir a un Prime?

Rav colocó su equipo médico más cerca de él y asintió con la cabeza.

—Sí. Todavía estaban demasiado ocupados fijando límites y matándose entre sí por territorio, como animales salvajes. Pero si resulta que ella tiene una pizca de salvajismo, entonces disfrutaré azotando ese culo redondo para poner orden.

En ese momento, Rav estaba lejos de sonar como un doctor. Sonaba como un hombre que veía a su compañera por primera vez, que reaccionaba ante ella, que estaba ansioso por la sola idea de tenerla.

Sus pensamientos eran un reflejo de los míos. Pero solo en caso de que los azotes de Rav no fueran suficientes, entonces haría que su vagina rosa se sintiera llena con mi mástil dentro; la follaría hasta que gritara mi nombre; colmaría su boca con semen y tiraría de su cabello para acariciar su hermosa garganta mientras tragaba lo que le había obsequiado. Pero si realmente fuera ideal para mí, entonces, disfrutaría mi necesidad de controlarla tanto como precisaba gobernar su placer. Disfrutaría hacerlo duro. Ligeramente salvaje. Disfrutaría ser dominada por dos guerreros.

La lujuria y el sentimiento primitivo de marcar mi territorio y reclamar a mi compañera estallaron tal como una explosión volcánica; mi gruñido resonaba en toda la habitación antes de siquiera pensar en contenerme.

Demonios. Este era mi fin.

Los pequeños ojos de mi compañera se abrieron al oír el sonido, clavándose sobre mí con un recelo y miedo que no celebré. Sus ojos eran únicos, de un color café oscuro en el que me quería sumergir. Ahora mismo, los entrecerraba con desconfianza y recelo, y me di cuenta de que lo único que aspiraba era ver una sola expresión en su rostro —deseo, anhelo, confianza.

Desesperación, mientras la hacía rogar por alcanzar el éxtasis.

Me parece que entonces son cuatro expresiones.

—Maldita sea, Grigg. Deja de asustarla para que pueda obtener su certificación de salud y para que luego podamos... Instalarla en tus cuarteles.

Asentí, mostrando que estaba de acuerdo. Estaba impaciente por llevarla a mi cama, en donde realmente podríamos reclamarla por primera vez y disfrutar todos los beneficios de colocarle nuestro collar de emparejamiento alrededor de la garganta.

Observé cómo la mirada expresiva de mi compañera se posaba sobre mí, luego sobre Rav, y volvía hacia mí de nuevo. Había observado todo en la habitación; las luces, el equipo de examinación, la puerta. Sin embargo, no había hecho movimiento alguno para cubrirse, como si la condición de su cuerpo fuera irrelevante.

Su comportamiento me pareció extraño e intrigante.

Moviéndome con lentitud para no asustarla, di un paso al frente y me incliné ante ella.

—Bienvenida. Yo soy Grigg, tu compañero asignado, y este es Conrav, mi segundo.

No se movió, pero sí habló; y su voz hizo que mi pene se volviese increíblemente sólido.

—Amanda.

Su nombre no era suficiente. Necesitaba oír su voz gritando mi nombre, bruscamente y con placer, quebrantándose mientras rogaba por ello.

Finalmente, se miró a sí misma y se aclaró la garganta.

—Diablos, todos mis vellos se han ido.

Su piel era, ciertamente, lisa e impecable, como la de cualquier mujer. No respondí, pues no estaba seguro de cómo lucía anteriormente; pero estaba muy complacido con el suave lustre de su piel, con la maravillosa vista de su vagina.

Me pilló mirándola, y se aclaró la garganta nuevamente.

—Oh, bueno. No más afeitadas. Eso es una ventaja, ¿o no?

Movió sus piernas sobre la mesa de examinación y me tragué la orden que amenazaba con escapar de mis labios. No quería ver sus piernas cerradas; las quería abiertas, bien abiertas para recibir a mi pene, a mi boca... A lo que sea que quisiera.

—¿Podríais darme una sábana o algo? ¿Quizás ropa?

Negué con la cabeza.

—Todavía no. Rav es un doctor. Primero debe completar tu evaluación médica.

Un pequeño surco apareció sobre sus tersas cejas; sus cejas oscuras hacían un fuerte contraste con el color crema de su piel. Su rostro era tan diferente al nuestro, tan terso y redondo, con curvas delicadas y valles que anhelaba explorar con mis dedos y labios. Quería probar el sabor de su piel, saber si su exótico sabor coincidía con su aroma, tan dulce y femenino. Era una flor inusual que aún tenía que descubrir.

—Fui examinada en el centro de procesamiento —dijo, mirando a sus alrededores—. En la Tierra.

Rav dejó escapar una risa.

—No, compañera. La Flota exige que cada nuevo miembro se someta a una examinación médica anterior a su liberación a la población general —cogió un pequeño dispositivo y lo examinó para determinar si estaba preparado. No tenía idea para qué era.

Ella frunció el ceño, y quería extender mi mano hacia ella para alisar aquel surco de preocupación. Ella se volvió hacia mí.

—Pensé que habías dicho que eras mi compañero asignado.

Asentí.

—Lo dije.

Miró a Rav, quien se inclinó en reverencia, tal como yo lo había hecho.

—¿Pero...?

—Amanda Bryant de la Tierra, soy el doctor Conrav Zakar. Tu segundo compañero.

—¿Segundo compañero? —su rostro se tiñó de un color rosa oscuro; no tan encantador ni rosa como el de su vagina, pero hermoso de todos modos—. Yo no... Oh, Dios.

Sus ojos oscuros trataban de mirar cualquier cosa que no fuera nosotros, sus compañeros, mientras murmuraba para sí misma:

—Ese sueño. Maldición. Ese sueño. Oh, Dios. Qué pervertida soy, ¿y ahora qué? ¿Dos de ellos? Rayos. Robert dijo que este trabajo me quedaría como anillo al dedo. Hay que ver si le gustaría tener dos compañeros. No puedo hacer esto. No puedo.

4

manda

Había escuchado de personas que enloquecían, que entraban en pánico ante situaciones nuevas. Yo no era una de esas personas. Me habían comparado con un camaleón, ya que mi ascendencia mixta y mi habilidad con los idiomas me habían permitido camuflarme y adaptarme a cualquier ambiente, a cualquier trabajo. Pero ningún camaleón había ido alguna vez al espacio. Esto… esto era una locura. Los dos hombres que se encontraban frente a mí no eran traficantes de armas, asesinos; no pertenecían a la Mafia rusa ni a las Tríadas chinas. Eran alienígenas. Es decir, venían del jodido espacio exterior.

Eran enormes. Demonios, eran gigantescos. Tenían casi dos metros de altura y eran tan fornidos como los jugadores del equipo de rugby de Samoa. Con esteroides. No lucían humanos, con su piel dorada y sus ojos. El más grande de los dos, Grigg, tenía ojos oscuros y de color óxido, y cabello castaño claro similar a la capa de caramelo sobre un *sundae*. Tampoco lucían como los hombrecillos verdes de las películas de ciencia ficción. En realidad, eran verdaderamente atractivos. Apuestos. Robustos. Enormes. Y, supuestamente, habíamos sido emparejados como compañeros. ¡Emparejados! Algún proceso nos había unido —¿Unido? ¿Cómo rayos había sido emparejada a dos hombres?— porque éramos perfectamente compatibles, perfectamente adecuados el uno para el otro.

¿Y mi *segundo* compañero? ¿Conrav, el doctor? Era casi tan grande, tenía las mismas facciones marcadas y el mismo color dorado, pero sus ojos eran como la luz del sol, como la miel; y su cabello era de un dorado pálido tan hermoso que tenía que obligarme a mirar hacia otro lado.

Algo sí sabía sobre ellos. Sabía que eran... absolutamente sensuales. Pero eso no importaba porque estaba en el jodido espacio exterior, y ese hombre, Rav, estaba agitando una vara con un sensor parpadeante sobre mí.

Me senté, tomé la sábana sobre la cual estaba sentada —no tenía ni la más mínima idea del porqué estaba debajo en vez de alrededor de mí.

—Estás pensando demasiado. De acuerdo con los datos que tenemos sobre los humanos, tu ritmo cardíaco está incrementando y tu presión sanguínea es excepcionalmente alta.

Conrav hablaba con una voz médica; el deseo que había imaginado ver en sus ojos había desaparecido completamente, lo que, por algún motivo desconocido e incomprensible, me molestaba mucho más que ser objeto de las miradas morbosas de dos hombres alienígenas lujuriosos.

Miré al hombre y alejé la vara de mí, sintiéndome agradecida por el extraño procesador, o como sea, que ahora tenía alojado en mi cerebro y por el ligero dolor de cabeza que producía, porque sabía que sin él no entendería ni una sola palabra de lo que estos hombres estaban diciendo.

—Bueno, Conrav Zakar, no necesitas ser un doctor para saber que mi ritmo cardíaco sube y baja y mi presión sanguínea aumenta debido a esto que se llama síndrome de la bata blanca.

—Puedes llamarme Rav, compañera.

—Aleja esa cosa de mí.

Rav frunció el ceño.

—No estoy familiarizado con ese síndrome. ¿Es algo que

ocurre en la Tierra? ¿Es infeccioso? Debería haber sido eliminado por los biofiltros del sistema de transportación.

Grigg se echó a reír, con los brazos cruzados, desde el lugar en el que se apoyaba contra la pared.

—Me parece que lo que quiere decir es que se siente nerviosa, especialmente cuando está cerca de doctores.

—Tiene razón. Los doctores en la Tierra, o por lo menos del sitio del que vengo, utilizan batas blancas de laboratorio en el hospital, como una especie de uniforme —luego de que Rav hubo terminado de mirarme, ligeramente aliviado de que no fuera a transmitir ninguna extraña enfermedad, continué—. Mirad. Estoy bien. Sí, estoy nerviosa. Estoy en una nave espacial en el espacio exterior. Hace solo un par de meses ni siquiera sabía que vosotros existíais. Y ahora estoy aquí y no puedo regresar jamás.

Detestaba el tono que escuchaba en mi voz. Suspiré, ajustando un poco más la sábana que me había puesto alrededor. Sí, esa mínima, diminuta tela que me cubría no me ayudaba a sentirme mejor.

Grigg dejó de apoyarse en la pared y se colocó de pie junto a Rav. Uno de ellos era oscuro, el otro claro. Grigg vestía con un blindaje negro en el cuerpo, un uniforme que reconocía como el estándar militar de la Coalición para las líneas de fuego. El otro usaba camisa y pantalones de color verde oscuro. La tela arropaba su enorme pecho, y lucía intimidante e increíblemente fuerte bajo su ropa; a pesar del hecho de que no era tan gruesa como el blindaje de Grigg. El color verde tenía que ser un uniforme, también, porque de lo contrario ningún hombre escogería ese atuendo.

Me pregunté cómo se verían desnudos, con sus pechos y hombros al descubierto para explorarlos a mis anchas.

¿Cuál era mi problema? Había estado despierta por dos minutos y ya quería trepar sobre ellos como si fuese un mono.

—Esta nave es tu hogar ahora. Seremos tu familia. Luego de que obtengamos tu certificado médico podremos empezar nuestra nueva vida juntos —prometió Grigg.

Miré hacia arriba, hacia ellos y me sentí pequeña. La manera en la que me observaban me hacía sentirme femenina, deseada, querida. Nunca me había sentido así cuando estaba con un hombre. Nunca. Aun así, no estaba aquí por esto. Necesitaba recordarlo.

—En cuanto a eso —les apunté con el dedo—. Estoy teniendo problemas con ese "nosotros" que acabas de decir en tu oración.

Grigg miró a Rav.

—¿No tenéis segundos compañeros en la Tierra? —preguntó Rav.

—Eh, ¿segundos compañeros? ¿Quieres decir un trío?

—Ah, sí, un trío. Nos perteneces. A los dos. Pronto, no seremos solo tus compañeros, sino que nos uniremos en la ceremonia oficial de reclamación, y entonces nuestra conexión será permanente.

Negué con la cabeza.

—No hay tríos permanentes en la Tierra. Es un rollo de una noche. Una cuestión de sexo que a algunos les gusta experimentar. Por diversión.

—¿Es decir que folláis a dos hombres solo por recreación, y no para uniros a ellos? —preguntó Rav.

Mis ojos se abrieron de par en par y sentí el calor subir a mis mejillas.

— ¿Yo? No. No, no, no. Solo supuse que sería emparejada a un compañero, no a dos. Tener dos esposos o compañeros en la Tierra, de donde vengo, es, de hecho, ilegal.

—¿Ilegal? ¿La ley os exige tener uno solo? —Rav sonrió burlonamente, y juro que ambos hincharon sus pechos—. Te gustará mucho más estar emparejada a dos.

—Sí —añadió Grigg, asintiendo—. Dos hombres para protegerte.

—Para ampararte.

—Apreciarte.

Siguieron enumerando la lista.

—Tocarte.

—Follarte.

—Saborearte.

—Hacerte gritar del placer.

Grigg había dicho esto último con una voz profunda y áspera que me produjo escalofríos.

La vara que sostenía Rav en las manos tenía anillos de un color azul intenso que empezaron a brillar. La sostuvo en el aire, la agitó frente a mí una vez, y luego sonrió.

—Te gusta esa idea.

Traté de retroceder en la mesa, pero mis rodillas colgaban sobre el reposapiés y no podía echarme hacia atrás, sobre la cabecera, lejos de él. Sin embargo, los hombres sí dieron un paso al frente.

—¿Qué? No. No, no, no.

—Dices mucho la palabra no, alienígena. Nos encargaremos de hacer que digas sí con mucha más frecuencia —dijo Grigg, cuyos ojos me prometían mil tipos diferentes de tortura erótica.

Oh, diablos. Eso había sido muy excitante.

—No me gusta la idea de teneros a los dos follándome.

Eso era una gran mentira, pero yo no conocía a estos hombres, a estos... *Aliens*, y no debería sentirme atraída por ellos, no debería sentirme atraída por la idea de los dos colocándome en la posición que quisieran sobre esta mesa de examinación para que ambos pudiesen follarme. Quizás uno en mi vagina y el otro...

La luz de la vara había cambiado de azul a rojo.

—No nos mentirás, Amanda. Eso nunca. Todo lo que compartamos estará puramente basado en la verdad. Te daremos una oportunidad para aprenderlo, pero de ahora en adelante serás honesta sobre tus necesidades y deseos. Si no, serás castigada. Quizás tu boca esté diciendo algo, pero mientras tanto, tu cuerpo —Grigg apuntó a la vara— no miente.

—Esa cosa no puede decirte lo que quiero.

¿O sí podía? ¿Tenían también artefactos inusuales que podían leer la mente? ¿O alguna varita mágica, ya que estábamos?

Rav respondió, inclinándose tan cerca que podía sentir la calidez de su cuerpo, y su calidez me dio escalofríos.

—Percibe todas las funciones de tu cuerpo, como tu ritmo cardíaco y tu presión sanguínea, pero también tu nivel de excitación, el calor que emana de tu piel, el espeso flujo de sangre que se concentra en tu vagina rosada.

Pasé mi cabello por encima del hombro.

—De donde vengo, el ritmo cardíaco y los niveles de excitación no se miden en conjunto, ni tampoco son vitales para mantenerse con vida.

—Ah, entonces es allí en donde somos diferentes. Si no te sientes atraída por nosotros, si no te sientes excitada debido a nosotros, entonces, no habrá ningún vínculo —la voz ronca de Grigg me puso la piel de gallina e hizo que mis pezones se endurecieran. Dios, cómo se sentiría tener su pene sumergido dentro de mí mientras esa voz me ordenaba…—. Los compañeros establecen lazos de por vida, Amanda. Si no se establece ningún vínculo, entonces, los guerreros deben entregar a su novia a otros, a compañeros que sean capaces de excitarla, de satisfacer sus necesidades y ganarse su confianza. Así, cuando una nueva novia llega, es esencial determinar su habilidad para excitarse, para llegar al orgasmo, para asegurar de que no haya ningún motivo médico que le impida sentir la atracción y compatibilidad prevista hacia sus compañeros.

Me quedé boquiabierta, y los miré con los ojos muy abiertos también; primero a ellos, luego a la puerta.

—¿Queréis hacerme correr y pretender que todo sea parte de un examen rutinario médico?

—No queremos hacerte nada, Amanda Bryant. Debo examinar tu sistema nervioso y tu reacción. Luego, te follaremos, compañera —prometió Rav, como si me hubiera quejado—. Mis disculpas por no poder saltarnos esto y pasar al acto en sí. Según el protocolo de procesamiento, primero debemos examinarte con nuestro equipo médico.

Me relajé. Eran ardientes y todo eso, pero no iba a follar con ellos ahora mismo. No era una mujerzuela, y me negaba en redondo a dejar que pensaran eso de mí. Además, esto era un trabajo. Un simple trabajo. Tenía que recordar eso. Sí, había estado de acuerdo con venir aquí y pretender ser la novia de un alienígena. Pero, ante todo, era una espía. Mi lealtad y mi vida le pertenecían a mi país, a mi planeta, a los hombres, mujeres y niños de la Tierra, a los que había protegido durante los últimos cinco años. Si querían conectar un artefacto que enviaba señales en mi sistema nervioso, entonces, que lo hicieran. Probablemente, había vivido cosas peores.

—¿Y si solo digo que creo que sois ardientes?

Se miraron entre sí; pero una vez más, Grigg me devoró con su mirada y Rav fue quien habló:

—Los niveles de nuestra temperatura corporal no son muy distintos a los tuyos. No comprendo por qué piensas que estamos más calientes.

Eso me hizo sonreír.

—Lo siento, jerga de la Tierra. Pienso que sois atractivos.

Rav suspiró. ¿Era alivio lo que veía en sus ojos? No había pensado ni por un segundo que estos enormes y terribles guerreros alienígenas se sentirían preocupados por la opinión que pudiera tener de ellos. Preocupados de que no *los* quisiera. Yo era la alienígena aquí. La única extraña.

Imaginé que sus mujeres, probablemente, medían más de un metro ochenta, con su piel dorada y cuerpo macizo como atletas de primera categoría. ¿Yo? Yo era una mujer de altura promedia, con cabello castaño oscuro lo suficientemente rizado como para darme una apariencia salvaje, pero nunca estaba peinado; senos de copa C, un trasero demasiado redondo, y el resto de mi cuerpo blando. Era perfecta para ser una espía y camuflarme. Mis ojos eran lindos, el color café oscuro me recordaba a caramelo caliente en un *sundae*. Pero eran el único atributo realmente hermoso que tenía. El resto era blando y aburrido, y no tenía ni la mitad del tamaño de las mujeres a las que ellos estaban acostumbrados.

Dios, ¿y esperaban que follara con ambos? ¿Qué me uniera a ellos por siempre?

Oh, demonios. Mi vagina me había traicionado; estaba palpitando acalorada mientras mi mente repetía una y otra vez fragmentos del sueño que había tenido en el centro de procesamiento. Repentinamente, en todo lo que pensaba era en Grigg a mis espaldas, obligándome a acoger su miembro dentro de mí, a besarlo, mientras la lengua de Rav se abría camino hacia mi...

—Bueno, este examen debería resultar sencillo —la sonrisa de Rav se había vuelto siniestra, y apreté mis piernas con más fuerza bajo el pedazo de tela, mientras la vara que tenía entre sus manos enloquecía—. Compañera, ¿me dejarás analizarte ahora?

—¿Quieres analizar mi atracción hacia ti?

Como sea. De todas maneras, ya lo había admitido. ¿Qué clase de prueba podrían hacerme? Podían agitar miles de esas varas frente a mí. Me daba igual. Lo que necesitaba era hacerme con alguna de ellas para enviarlas a la Tierra. Estaba muy segura de que la varita mágica era solo uno de los muchos artilugios tecnológicos que estos alienígenas se habían rehusado a darnos.

Rav asintió.

—Sí, tengo que evaluar tus niveles de compatibilidad y atracción. Es el protocolo, Amanda. Algo por lo que cada novia pasa cuando llega aquí.

Me encogí de hombros.

—Vale. Procede entonces.

—Bien —respondió—. Recuéstate en la mesa de examinación, tu cabeza sobre la almohada. Sí, así. Ahora junta tus manos y toca la pared que está detrás de tu cabeza. Exacto, así, júntalas más.

Me acomodé en la mesa, acomodando la sábana que me envolvía para que cubriese un poco más de mi cuerpo, y apoyé las manos contra la pared. Era extraño, pero estaba bien. Podía adaptarme. Era un camaleón.

Conrav

LA EXPRESIÓN que se había dibujado en el rostro de Amanda cuando las esposas salieron de la pared y se enredaron alrededor de sus muñecas indicaba que esto no era algo que sucediera típicamente durante un examen médico en la Tierra. Cuando comenzó a resistirse, entonces me sentí preocupado.

—Amanda, relájate —me dirigí hacia el lado de la mesa en el que ella estaba y aparté con gentileza los mechones oscuros de su rostro—. Shh.

—No necesito ser atada de esta manera. ¡Quitadme estas cosas de encima!

Sus ojos estaban totalmente abiertos, como los de una fiera.

—Son para protegerte —dijo Grigg—. Rav va a completar las pruebas y necesitamos garantizar que los resultados sean exactos. No te muevas.

—¿Qué me vais a hacer?

Grigg se movió de un lado a otro en la cama, y la miró. Su mano acarició su brazo, ahora flexionado.

—Nada va a dolerte.

—¿No más agujas, cierto? Detesto tanto las agujas. Podéis golpearme, torturarme, pero no me ataquéis con agujas.

Negué con la cabeza, y bajé el tono de mi voz para que no entrara en pánico.

¿Es que acaso había sido golpeada antes? Le preguntaría más tarde; por ahora, debía encargarme de calmarla.

—Nada de agujas.

—Solo placer —añadió Grigg, a pesar de que jamás había estado presente en este tipo de exámenes antes de hoy.

Continuamos hablándole dulcemente y tocándola con roces reconfortantes hasta que se hubo calmado. Eché una mirada a los números que aparecían sobre la pared, sobre sus muñecas. Las esposas tenían sensores integrados que evaluaban su biorritmo. Aunque su ritmo cardíaco seguía siendo elevado, esto ya no era preocupante para mí. Amanda tenía razón, *debería* sentirse nerviosa.

Si pudiera ponerla en posición, entonces, lo que Grigg había dicho se cumpliría. No sentiría nada que no fuese placer puro durante la prueba.

Presionando un botón en la pared, la mesa comenzó a replegarse desde debajo de sus piernas; el nivel inferior desapareció, exponiendo su redondo trasero justo en el borde de la mesa; exactamente en donde necesitaba que estuviera. Sostuve su delgado tobillo y lo elevé para que sus piernas estuviesen arriba mientras el soporte de piernas terminaba de colocarse en posición. Grigg tomó su otra pierna y copió mis movimientos.

—No necesito un examen ginecológico —murmuró, mirando hacia abajo mientras que él terminaba de colocar su pierna en el soporte—. Y cuando me hago alguno, no me inmovilizan con malditas esposas.

—Esto no es un examen ginecológico —dije, tomando una vara de inserción de bioprocesadores de la bandeja que había traído. Grigg observaba con atención cada uno de los movimientos que hacía, y me tragué mi molestia. Todo esto era nuevo para él, y ella también era su compañera. Debía vigilarla y protegerla—. Esta es una vara de bioimplante. Tengo dos, una para tu vejiga y otra, para tu trasero. De ahora en adelante, todos los procesos biológicos de tu cuerpo serán monitoreados y controlados por las unidades de biorregulación de nuestra nave.

—No comprendo —dijo.

El pecho de Amanda subía y bajaba, y me estaba costando todo mi autocontrol no distraerme por el ascenso y el descenso de sus pechos. Anhelaba tocar su piel, probar su cuerpo. Luego de tantos años de creer que Grigg jamás elegiría a una compañera, ahora tenía problemas para controlarme.

—Toda la materia de desecho es reciclada y reutilizada por los Generadores Espontáneos de Materia que están en la nave. Estos implantes descartarán los desechos de tu cuerpo automáticamente para reciclarlos.

Con cuidado, retiré los extremos de su sábana y los dejé colgar de nuevo sobre el suelo, revelando su espléndido cuerpo nuevamente.

—¿Qué? —forcejeó una vez más, intentando liberarse de las esposas que inmovilizaban sus muñecas contra la pared.

Su cuerpo era curvado y perfecto; su cintura era pequeña en contraste con sus distintivas caderas anchas y con las redondeadas nalgas de su trasero. Al parecer, no podría tomarlas con solo una de mis manos, y no podía esperar para darle nalgadas, para verlas sacudirse y bambolearse, para verlas teñirse de un color rosa oscuro, para oír sus gemidos de dolor que se transformaban en placer a medida que las tomaba y las abría de par en par, reclamándola, colmándola con mi miembro.

Grigg debió haber percibido mi ausencia, porque fue él quien contestó.

—Nunca más necesitarás vaciar los desechos de tu cuerpo.

—¡¿Qué?!

Por algún motivo lo anterior la hizo enfurecer, y forcejeó aún más con las esposas; sus pechos se movían de lado a lado mientras luchaba para liberarse.

—Las esposas también son sensores, Amanda, y no se irán hasta que hayamos completado la prueba —hablé con la voz de doctor más serena e inofensiva que tenía—. También tengo esposas para tus tobillos, pero no servirán para otra cosa que no sea mantenerte inmóvil. ¿Puedes permanecer en esta posición o voy a tener que inmovilizarte?

Me miró como si estuviera a punto de estrangularme si sus manos estuvieran libres de las ataduras. Hablando entre dientes, dijo:

—No me moveré.

—Buena chica —dijo Grigg, moviendo su mano para acariciar su cabello nuevamente.

Amanda se apartó de la mano de Grigg, y fingí no haber visto la manera en la que su mano se paralizó en medio del aire con inseguridad. Grigg nunca se sentía inseguro, pero sentía el rechazo de nuestra compañera tan profundamente como él. La esperanza de tener un emparejamiento fácil y sin complicaciones se marchitó dentro de mi pecho, como si una bestia glacial y hambrienta la hubiese masticado y luego escupido. Ella no era lo que estaba esperando. Estaba claro que no quería estar aquí.

Había esperado tener una novia deseosa, una mujer que nos recibiera con los brazos abiertos y con el corazón amoroso. Esperaba recibir una novia que fuese lo suficientemente dulce para apaciguar la ira de Grigg. Pero hasta donde yo había visto, Amanda solo era fuego y rebelión, rechazo y miedo; y me preguntaba si los protocolos de procesamiento de novias habían cometido algún error. Era la primera novia de su mundo. ¿Quizás el sistema necesitaba pruebas adicionales?

—No te muevas, Amanda. Voy a introducir mis dedos dentro de tu vagina. Necesito cerciorar que hayas recibido el bioimplante adecuado.

Ella guardó silencio, sus piernas estaban tensas y temblorosas debido al miedo o al estrés. No estaba seguro de cuál de los dos era, pero no me gustaba ninguna opción. Había realizado este mismo examen cientos de veces a muchas otras guerreras que estaban a bordo de la nave, siempre con el mismo sentimiento distante del deber y emoción por los guerreros y su nueva compañera. Pero esta vez, su capullo era mío. Su trasero era mío. Su cuerpo, su fuego, su sometimiento. Todos eran míos.

Sus piernas estaban flexionadas y sus pies descansaban sobre los soportes; su trasero y su sexo estaban totalmente expuestos, y, repentinamente, todo pretexto de indiferencia médica me abandonó. Era nuestra compañera, y tenía tantas ganas de hacer que se corriera, que el aire a mi alrededor se volvió pesado y no podía recordar qué era lo que tenía que hacer. Por los dioses, el húmedo aroma de su fragante excitación hacía que mi miembro se volviera tan sólido como una roca.

5
___

onrav

—Rav —dijo Grigg, su tono destilaba necesidad, pero seguía estando totalmente a cargo. Vi cómo se hincharon sus fosas nasales, pues él también había olido el deseo de nuestra compañera.

Con su cabeza hacia atrás y su cuerpo tenso, se podría pensar que ella estaba haciendo todo esto bajo coacción. Nos había dado su permiso y, tal como le habíamos dicho, su cuerpo no mentía. Le *gustaba* su nueva posición, le gustaba sentirse vulnerable y exhibida. Era su aroma lo que la traicionaba. Cada segundo que pasaba, su aroma se hacía cada vez más concentrado, como si pudiese sentir mi mirada fija en su vagina; como si percibiera los oscuros impulsos que me obligaban a olvidar aquella prueba médica, a quitarme los pantalones y a follarla hasta dejarla inconsciente. Como prillones, estábamos perfectamente conscientes de nuestras compañeras en cuanto a esto. Podíamos percibir la excitación, la necesidad de follar; y la usábamos para atender a nuestras compañeras. Esto aseguraba que las novias estuviesen felices y satisfechas.

—¿Qué sucede? ¿Algo va mal?

La voz de Amanda me trajo de vuelta a la realidad súbitamente, y me incliné hacia un lado para que pudiese ver mi rostro cuando le respondía.

—No, compañera —me aclaré la garganta—. Disculpa. Comenzaré con la prueba de inmediato.

Volvió a recostar su cabeza sobre la mesa, aún sin mirar a Grigg, quien estaba de pie a su derecha con una expresión glacial en su rostro. Conocía esa maldita expresión. Estaba herido, lo estaba escondiendo, y estaba a punto de hacer algo estúpido a menos que lo mantuviera ocupado con algo más. Sabía que podía oler su deseo por nosotros. Sin embargo, al parecer, eso no era suficiente para calmarlo.

—Grigg, ¿podrías sostener la mano de nuestra compañera? Esta primera parte puede llegar a ser un poco inquietante.

Tanto mi compañera como mi primo obedecieron mis órdenes, pero sabía que era solo porque no había nada más que pudieran hacer. Sin embargo, la fuerte mano de Grigg se envolvió delicadamente alrededor de la pequeña y delicada mano de nuestra compañera, y suspiré aliviado cuando sus dedos se entrelazaron con los de él; su color crema se contraponía con el tono más oscuro, dorado, de Grigg.

—De acuerdo, Amanda —dije, volviendo a mi rol de doctor—. Lo primero que insertaremos será el estimulador de placer. Luego, el estimulante nervioso y el bioimplante que se encargará de tu vejiga y tu vagina.

Amanda fijó su mirada en la pared, ignorándonos.

—Suena divertido. Apuraos y acabad con esto.

Grigg dejó escapar un gruñido ante su respuesta fatalista, pero lo busqué con los ojos y negué con la cabeza. Era crítico que excitáramos a nuestra compañera e hiciéramos que nos necesitara. Ella estaba asustada, acababa de llegar aquí, y estaba muy lejos de todo lo que conocía. Aún no comprendía lo mucho que significaba para nosotros ni cuánto la apreciábamos. Pero lo sabría. Oh, sí que lo sabría. A partir de ahora.

Coloqué mi mano en la parte interna de su muslo, sobre la piel más suave que alguna vez haya tocado; e intenté no ofenderme cuando dio un respingo.

—Tranquila, Amanda. Prometo que no habrá agujas ni dolor.

Suspiró y se tranquilizó, y coloqué mi mano más abajo, dirigiéndola hacia la resplandeciente vagina rosa que anhelaba probar. Mis pelotas se sentían tan pesadas que dolían; colgaban de mi cuerpo como si fueran plomo, justo debajo de mi pene, el cual estaba tan duro como una piedra. Pero ignoré la incomodidad y levanté la vara hasta la altura de la entrada a su vagina.

El dispositivo médico probablemente se sentiría frío contra la piel, y con él di un suave toque a sus labios, abriéndolos poco a poco hasta que pudiese comenzar a introducirlo dentro de ella sin problemas, hundiéndolo cada vez más dentro de su cuenca húmeda.

Uno de sus pies se movió del soporte y arqueó su espalda.

—¿Qué demonios?

Sonaba enojada y confundida, pero esta prueba era un requisito del protocolo del Programa de Novias Interestelares y no lo podíamos saltar. Grigg sostuvo su pie y lo colocó sobre el soporte nuevamente.

—Quédate quieta, compañera.

Con la sonda totalmente dentro de su vagina, los delicados pliegues de su sexo se envolvían alrededor de ella como un manto de seda, rodeándola en sus profundidades. Puse ambas manos sobre sus muslos y traté de tranquilizarla.

—Este examen es parte del protocolo, Amanda. Siento mucho que estés incómoda. ¿Preferirías que llamara a otro doctor para que complete la examinación?

—¡No! —jadeó, como si estuviera escandalizada de que siquiera lo haya sugerido.

Gracias a los dioses por eso, porque la idea de tener a otro hombre observándola de esta manera me hacía querer asesinar a alguien, y además dudaba que Grigg lo permitiese. Aún no estaba segura, aún no era nuestra. No la habíamos reclamado ni follado; no le habíamos puesto nuestro collar alrededor de su cuello, no habíamos plantado nuestra semilla dentro de su cuerpo, no la habíamos hecho gritar de placer, ni había rogado para que la tomáramos. Era vulnerable. No tenía compañeros y no había sido reclamada aún. Y era tan divinamente hermosa que sabía que, si no tenía nuestro collar puesto en su cuello, entonces, en el mismo momento en el que abandonáramos la estación médica, nos desafiarían por poseerla.

Grigg apresó su tobillo, manteniéndola inmóvil. Inquebrantable.

—Solo... Solo apresúrate.

Su vagina palpitó, cerrándose alrededor de la sonda apenas sintió el dominante contacto con la piel de Grigg; el río en su vagina fluía alrededor de la punta doblada del dispositivo que permanecía sumergido dentro de ella, mientras el estimulante nervioso y las otras piezas colgaban del extremo como obstáculos esperando adentrarse en su cuerpo. Dentro de su cuerpo.

Me puse a trabajar, uniendo el dispositivo de inserción del implante sobre ella y el estimulador del clítoris sobre su centro de placer. Ajustando la copa de succión, comencé con el nivel de vibración más bajo mientras cogía la vara del bioimplante anal y algo de lubricante.

Arriesgándome, lancé una mirada fugaz al rostro de nuestra compañera, y vi que se mordía el labio, jadeante. Sus ojos estaban cerrados. Cerraba su puño y lo volvía a abrir con la mano libre que tenía, como si estuviera contando o luchando por controlarse.

Sintiéndome preocupado, eché un vistazo a los biomonitores para cerciorarme de que su salud y seguridad estuvieran bien. Estaba bien, pero su temperatura corporal había aumentado ligeramente. Y en cuanto a su excitación... Cielos. Miré a Grigg.

—Su excitación ronda el sesenta por ciento.

—¿Qué significa eso? —frunció el ceño, confundido por mi asombro.

—Significa que está a más de medio camino de llegar al orgasmo, y aún no he comenzado con el examen.

La sonrisa cómplice de Grigg indicó lo que yo mismo pensaba al respecto: teníamos suerte. Al parecer, habíamos sido bendecidos con una compañera extremadamente sensible y cariñosa.

Todo el aire que Amanda contenía en sus pulmones salió precipitadamente con el sonido de un suspiro, como si hubiera estado aguantando la respiración, resistiendo la reacción que provocábamos en ella. Coloqué una cantidad generosa de lubricante en el dispositivo anal, aunque este no era más largo que mi dedo pulgar, y lo posicioné en la entrada de su trasero.

—Compañera, ¿alguna vez has tenido algo dentro de ti por aquí?

Ella negó con la cabeza, sobresaltada. —No.

Sentí mi pene endureciéndose por la nueva noticia. Su trasero virgen era mío. Grigg, como su compañero principal, tenía derechos exclusivos sobre su vagina hasta que estuviera encinta de nuestro primer hijo. Después de esto, yo también podría reclamarla y follarla para esperar que mi semilla germinara en ella. Hasta ese entonces, como su segundo compañero, su trasero, boca, y el resto de ella me pertenecían. Cuando la reclamáramos en la ceremonia de nuestra unión, Grigg tomaría su sexo, y yo estaría en lo más profundo de este apretado, rosa...

Puse la sonda ya con lubricante en la punta de su trasero y lo introduje lenta y cuidadosamente dentro de ella.

Amanda no se resistió, no hizo ningún sonido mientras hundía la sonda dentro de su trasero, extendiéndola, llenando todas sus entradas mientras Grigg la sostenía. Nuestra pequeña y valiente compañera resistió la reacción que tuvo su cuerpo; pero apenas terminé de confirmar que los bioimplantes microscópicos habían sido insertados, cambié el nivel de vibración de los controles en su clítoris, aumentándolo. Más alto. Más fuerte. Más rápido. La máquina aumentaría la succión, vibración, presión... Se activaría cualquier función a la que ella reaccionara, lo que sea que necesitara para alcanzar el éxtasis.

Dejó escapar un gemido, y observé como los monitores registraban su respuesta.

—Setenta por ciento. Ochenta.

Estaba acercándose a alta velocidad al orgasmo como si la hubiesen disparado de un cañón iónico. De todos los exámenes que había hecho para las otras guerreras, raramente había visto a una mujer tan sensible como ella. Dios, era jodidamente perfecta y estaba tan jodidamente excitada que se encontraba a punto de correrse.

—Ochenta y cinco.

Grigg soltó su mano y extendió las suyas hacia su seno, masajeándolo y pellizcando su pezón mientras sus caderas se movían. Estaba tan cerca del clímax. Tan cerca. Por nosotros. Solo por nosotros, sus compañeros.

—Apágalo. Ahora.

Amanda

—¿Qué?

¿Apagarlo? ¡¿Apagarlo?! Tenía una sonda gigante metida dentro de mi vagina, otra en mi trasero, y también una versión pervertida de una copa de succión vibradora que tiraba de mi clítoris como un demonio hambriento, obligándome a correrme mientras que dos hombres gigantes y dominantes que nunca antes había conocido se cernían sobre mí como si les perteneciera.

Y según las reglas barbáricas de esta sociedad alienígena, supongo que les pertenecía. Hasta donde ellos sabían, yo era suya ahora. Su compañera. Su propiedad; podían hacer conmigo lo que quisiesen, y eso significaba hacerme correr. Y entonces, detenerse. No quería que se detuvieran. Seguro, hacía un minuto ni siquiera quería que comenzaran con esto, pero ahora...

—¿Grigg? —la voz de Rav reflejó mi confusión.

—Apágalo.

La orden que salió de sus labios no admitía ningún contraargumento, y sentí mi vagina contrayéndose alrededor de la sonda como respuesta a su orden. No debería estar al borde del éxtasis solo por escuchar esa áspera autoridad que destilaba, no debería ansiar escuchar esa voz de nuevo. Pero, Dios mío, realmente lo ansiaba. Estaba tan cerca, todo mi cuerpo estaba retorciéndose, mi vagina estaba ansiosa, incluso mi trasero se había expandido; me sentía tan llena que lágrimas amenazaban con salir de mis ojos debido a la cantidad de sensaciones que me abrumaban. Estaba desesperada, necesitada, débil.

Nunca había sido débil.

Rav cambió algunos ajustes allí abajo, entre mis piernas, y todo se detuvo; todo excepto mis jadeos y mi necesidad de gritar con frustración. Aún estaba repleta por dentro y sedienta por recibir más, pero la vibración sobre mi clítoris, la succión, todo eso se detuvo dejándome varada en el borde del abismo; todo era como la peor provocación que se pueda imaginar.

Mordí mi labio y me contuve de soltar un gruñido de delicioso dolor por aquella prohibición. Me negaba a revelar mi verdadera necesidad, aquella que estaba más allá de un simple sonido; me negaba a revelar mi debilidad ante estos dos extraños. No podía creer que había accedido a realizarme este ridículo examen en primer lugar. Esto era tan diferente a cualquier otro examen que había tomado en mi vida.

Era vergonzoso terminar así, desnuda y necesitada, al límite del éxtasis. Rogar era la última pieza que faltaba para mi humillación total.

No. Rogaría. *Jamás.*

—Idiota.

Esa era una palabra con la que podría vivir. Idiota.

Grigg gruñó al oír mi insulto, su áspera mano se posicionó sobre mi seno, amasándolo con gentileza y, al mismo tiempo, pellizcando y soltando mi sensible pezón una y otra vez.

—Mírame.

Cerré los ojos tras oír la orden, negándome a mirar en su dirección.

—Mírame.

Negué con la cabeza, aún molesta por haber acabado de esta manera. Frágil. Necesitada. Descubierta. Fuera de control.

Vulnerable.

Asestó un sonoro golpe, fuerte y rápido, contra mi muslo interno; el ardor se extendió a través de mí como si fuese una oleada de calor que no estaba preparada para recibir. Mis ojos se abrieron de par en par. No pude tragarme el sonido —un gimoteo— que se escapó de mi cuerpo torturado, así como no pude evitar que mi centro de placer palpitara con placer por aquella probada del dolor.

El monitor emitió un pitido nuevamente, y Rav alzó una ceja.

—Noventa.

La mano de Grigg abandonó mi seno para enredarse en mi cabello, y volteó mi rostro para que lo mirara. Ese asomo de presión, de dominación, me hizo mover mis caderas sobre la copa de succión intentando, desesperadamente, que volviera a encenderse. Lo *necesitaba*.

—Mírame.

Evitarlo por más tiempo era imposible, así que lo hice; y me asombré al ver que su rostro estaba a meros centímetros del mío, sus labios tan cerca que podía saborear la fragancia de su piel en mi lengua; era una combinación de almizcle que me hacía sedienta por probar su piel. Nuestras miradas se encontraron, y en sus ojos vi algo tan primitivo, tan agresivo, que mi cuerpo se paralizó, sometiéndose a su dominancia, incluso antes de que dijese una palabra.

Nunca había reaccionado así antes. Había conocido a machos alfa, a hombres que les gustaba controlarlo todo; pero siempre había sido inmune a ellos. Con Grigg, estaba muy lejos de ser inmune. Reaccionaba, y eso me asustaba. También hacía que la cosa que pitaba emitiera sonidos otra vez, lo que significaba que también me gustaba. Y mucho.

—Tu placer es *mío*. ¿Comprendes?

No. Realmente no lo comprendía. ¿Qué juego estaba jugando este tipo? ¿Y por qué quería participar en él?

—No.

Su gigantesca y cálida mano se deslizó desde mi tobillo hasta mi muslo, para finalmente detenerse en el dispositivo que estaba sobre mi clítoris. Lo retiró de mi cuerpo lenta e intencionalmente.

—La prueba se acabó. Tu coño es mío. Cada centímetro de tu cuerpo es mío. Tu placer es mío. No vienes aquí por una

Dominada por sus compañeros

máquina. No te tocarás a ti misma. Solo vendrás a por mí o a por Rav. ¿Comprendes?

Demonios. ¿Este hombre iba en serio?

Ante mi silencio se puso de pie, se desabotonó los pantalones y puso su enorme miembro en libertad. Sabía que mis ojos debieron haberse abierto como platos, asombrados por lo que veían, mientras él se tocaba con fuerza con su mano izquierda y extraía una gran gota de líquido preseminal de la punta de su pene. Sosteniéndolo firmemente, acumuló el líquido en las puntas de los dedos de su mano derecha, bombeando su miembro con movimientos suaves mientras observaba. No podía dejar de observar cómo la espesa sustancia se acumulaba en varias gotas que reunió.

Tan rápido como había empezado a hacerlo, soltó su pene y lo dejó balanceándose en el aire mientras daba un paso al frente, situando sus dedos en donde la copa de succión había estado algunos momentos antes. Sobre mi clítoris palpitante. Dirigió una mirada a Rav, cuya expresión se había transformado de asombro a una sonrisa cómplice mientras Grigg hablaba.

—¿Los biomonitores están encendidos? ¿Cumplirá con los protocolos?

—Sí.

Aquella palabra era, aparentemente, todo lo que Grigg necesitaba escuchar. Hizo un círculo con sus dedos, vaciando sus fluidos sobre mi clítoris y más abajo, en los extremos de la sonda que excitaba tanto a mi cuerpo. Al principio, estaba conmocionada, me preguntaba qué rayos estaba haciendo. No necesitaba lubricante, sabía que mi excitación me había empapado totalmente. No necesitaba excitarme más de lo que ya estaba, así que...

Sentí un fuego recorriendo mi clítoris y jadeé; mis caderas se sacudían ante su tacto autoritario mientras una calidez peculiar invadía mi torrente sanguíneo. Mis pezones se endurecieron al instante hasta comenzar a doler. Mis labios se sentían pesados y rellenos. Mi corazón se disparó. Mi sexo palpitaba con intervalos de pequeñas pulsaciones, tan rápidas e intensas que no podía discernir la anterior de la siguiente; y aun así, mi excitación seguía aumentando. Luego de dibujar círculos con delicadeza comenzó de inmediato a frotarme con más fuerza, lentamente; incluso le pegó una bofetada a mi clítoris, lo suficientemente fuerte como para que ardiese, y luego me masajeó con sus dedos cálidos y firmes hasta que comencé a gimotear.

Esto se sentía totalmente distinto a la sensación de succión. No se sentía como algo médico. Este era Grigg haciéndome lo que quería, dándome lo que necesitaba. Lo que no sabía que necesitaba, hasta que me llevó al límite.

Aun así me resistí. Me sentía tan sucia, se sentía tan mal. No podía sucumbir. Realmente no podía. Esto era demasiado, era una capitulación demasiado colosal para mi ser. No podía entregarme a estos dos extraños que pedían tanto de mí y de mi cuerpo.

Esto era peor, mucho peor que ser obligada a correrme con una máquina. Aquello sí era médico. Esto... ¿Cómo justificaría esta lujuria ante mi jefe? ¿Cómo me ayudaría en mi misión la sed de mi cuerpo por el contacto de Grigg? Esto ya no era una examinación médica. Este era Grigg, mi compañero, obligándome a rendirme ante su contacto, reclamando mi cuerpo como si fuese suyo.

Y estaba colapsando. Mi piel estaba cubierta por una capa de sudor. Mi respiración era irregular. Mi pulso estaba por los cielos y no podía aguantar por más tiempo. Se sentía demasiado bien. Tenía menos de una hora en el espacio exterior y ya estaba traicionando a mi gente por la presencia de esta oscura necesidad que buscaba liberarse. Quería darle a Grigg lo que deseaba, pero no debía hacerlo. No debía.

Miré hacia arriba para toparme con Grigg, quien me observaba con una concentración total. Me pregunté si estaría contando cada respiración, o la velocidad del pulso que se sentía en el nacimiento de mi cuello. Sus dedos estaban anclados sobre mi húmeda ensenada, y esperé, con mi mente en blanco. Perdida. Elevé mis caderas involuntariamente, deseando más. Deseándolo con brusquedad. Con agresividad. Queriéndolo *ya*.

—Voy a agachar mi cabeza y chuparé tus duros y redondos

pezones. Moveré mi lengua tres veces sobre esos botones firmes y sensibles, rápidamente, antes de que los chupe tan fuerte que estampe mi nombre sobre tu piel.

Oh, Dios. Mi vagina se contrajo. No podía moverme. Ni siquiera podía parpadear. La promesa de recibir un ridículo chupetón no debería ser tan excitante.

Grigg bajó la cabeza hasta que pude sentir el calor de su respiración revoloteando sobre el sensible pico de mi seno.

—Luego de contar hasta tres, te correrás.

No me dio tiempo para pensar o discutir, ya que agachó su cabeza y chupó mi sensible piel mientras sus dedos masajeaban mi clítoris nuevamente con fuerza y rapidez. Antes de que pudiera procesar esta acción, me encontraba contando, pues me había dado el permiso de hacerlo, y lo deseaba tanto. Se sentiría tan bien y lo necesitaba *demasiado*.

No podía recordar la última vez que tuve un orgasmo producido por un hombre y no por mi vibrador o mis propios dedos. Ciertamente, no había sido gracias a un hombre que supiera *exactamente* lo que estaba haciendo. Si cualquier otro hombre me diese el permiso para correrme, y fuese lo suficientemente arrogante como para creer que lo obedecería, le hubiera asestado un golpe en la garganta. Pero con Grigg, contaba.

Uno.

Dos.

Tres.

El orgasmo me embistió completamente; la descarga había sido tan intensa, tan completa, que no estaba segura de si había gemido, llorado, o gritado. Quizás las tres. Todo lo que sabía era que sentía este placer, que el fuego me rondaba de los pies a la cabeza mientras mi sexo se contraía con tanta fuerza alrededor de la sonda que rellenaba mi interior, que las palpitaciones en mi centro de placer obligaban a mi cuerpo a hacer lo mismo.

Volví en mí; Grigg estaba acariciando mi abdomen con delicadeza y depositando los besos más suaves debajo de mis senos, de mi cuello; tal como un hombre en adoración frente a un altar.

La vacante que sentía mi sexo no me agradaba, y coloqué mis pies sobre los soportes, moviéndome, buscando algo más.

Mientras Grigg colocaba su rígido pene nuevamente dentro de sus pantalones, Rav quitó con suavidad el dispositivo de mi trasero, y en cuanto desapareció, las esposas que inmovilizaban mis brazos también lo hicieron. Fui llevada a los brazos de Grigg como si fuese una muñeca, envuelta en la sábana y acunada contra su pecho mientras se sentaba sobre la mesa de examinación. Esta vez no luché con él. No podía. No tenía fuerza. Era arcilla en sus manos. Gelatina. Estaba hecha pedazos.

Masajeó mis hombros, mis brazos, mis muñecas. ¿Cómo podía ser tan delicado luego de haber sido tan exigente, tan rígido hacía algunos momentos? No podía pensar en él ni en lo que los dos me habían hecho. No podía pensar en cómo me había sentido o, incluso, en cómo me habían hecho sentir. Estaba demasiado abrumada, demasiado saturada. Mi mente era como un torbellino, se sentía como si me hubiese despertado de una siesta maravillosa, y no quería arruinar eso. Todavía no. La realidad regresaría en unos instantes.

Rav guardó su equipo médico dentro de un tipo de contenedor para procesarlo, limpiarlo, o lo que sea que hicieran estos alienígenas con sus utensilios médicos ya utilizados, supuse. Se volvió hacia nosotros sosteniendo tres cintas en la mano, dos de ellas de color azul oscuro, y la otra negra.

Las colocó en la mesa de examinación que estaba al lado de nosotros y elevó la cinta azul a la altura de su cuello. La extraña cinta se envolvió alrededor de su cuello, adoptando la forma de un collar que encajaba perfectamente. Le extendió el otro collar a Grigg, quien negó con la cabeza, rehusándose a soltarme para tomarlo.

—Ponlo alrededor de mi cuello.

Rav se posicionó detrás de Grigg y colocó la cinta alrededor de su cuello. Inmediatamente, la cinta se redujo, ajustándose al musculoso cuello grueso de mi compañero. Ahora ambos estaban usando cintas idénticas.

Solo quedaba la cinta negra. Rav dio la vuelta a la mesa y la colocó en su palma, extendiéndola para que pudiese cogerla.

—¿Qué es esto?

Con curiosidad, tomé la cinta negra entre mis manos. Se sentía como seda tibia, y era mucho más gruesa de lo que aparentaba ser a simple vista; era del mismo grosor que el collar de un gato terrícola, pero un poco más ancho.

Rav respondió:

—Este es el collar que te une a nosotros. Debes colocarlo alrededor de tu cuello. No podemos hacerlo por ti.

Observé la simple cinta negra, confundida.

—¿Por qué no? ¿Para qué es?

Rav elevó su mano para acariciar mi mejilla, y no me aparté al sentir aquel simple gesto. Luego del momento intenso que había experimentado en esa mesa de examinación, su delicadeza era como bálsamo para mis sentidos.

—Te marca como nuestra compañera. Durante treinta días, el color de tu collar será negro, indicando que estás en un período activo de reclamación con tus compañeros. Cuando completemos la ceremonia, tu collar se volverá azul, como los nuestros, distinguiéndote para siempre como una compañera honrada y protegida del clan guerrero de los Zakar —su pecho se hinchó con orgullo—. Somos una de las familias más antiguas y fuertes de Prillon Prime.

Vaya, felicidades para mí. Había sido emparejada a una casa de la nobleza alienígena.

—¿Y qué sucede si no me lo pongo?

6

Grigg gruñó, y mi sexo traicionero palpitó con fuerza, contrayéndose alrededor de la nada con un deseo nada agradable.

—Si no aceptas el collar, cualquier guerrero sin compañera que te vea puede reclamar el derecho de cortejarte por treinta días.

Podía cuidar de mí misma, así que, ¿cuál era el problema?

—¿Y si solo digo que no?

Rav suspiró.

—No puedes, Amanda. Has llegado a nosotros por medio del Programa de Novias Interestelares. Eres una novia declarada, una compañera idónea, perfecta para los guerreros de Prillon Prime. Si no accedes a colocarte el collar, otro tendrá el derecho a reclamarte durante el mismo período de cortejo de treinta días. Es demasiado tarde para cambiar de parecer. Por cada hombre que rechaces aparecerá otro más, y luego otro más. Habrá peleas a muerte. Buenos guerreros morirán por tener la oportunidad de cortejarte.

Eso era medieval. Absurdo.

—¿Peleas a muerte? Eso es un disparate.

—Es lo habitual. Si alguien intentara reclamarte, lucharía en una pelea a muerte por ti, Amanda. Y ganaría.

No estaba segura si la seguridad de Grigg en sí mismo provenía de la intensidad de nuestra conexión o de sus habilidades como guerrero.

—¿Qué sucede si tenemos una hija? ¿Debe ser emparejada con otro guerrero al nacer? ¿No podrá ir a ningún lado sin un hombre? Eso es absurdo.

La respuesta de Grigg resonó en su ancho pecho.

—Por supuesto que no. Respetamos en grande a las mujeres. Las honramos. Las mujeres que nacen en Prillon son protegidas por todos los guerreros de su clan hasta que llegue a la edad de buscar un compañero y acepte colocarse su collar.

—¿Y qué pasa si no hay más guerreros? ¿Sería una huérfana? ¿O una viuda?

Ahora era un poco tarde para preocuparme por estos detalles, pero no podía concebir en mi mente traer a una hija a este desastre si en el futuro sería tratada como propiedad. Nunca. Claro, tampoco iba a tener hijos. Estaba aquí para ser una compañera. O no realmente. Tenía una misión que hacer. Necesitaba recordarlo. Ya casi había terminado de pensar en aquello cuando las siguientes palabras de Grigg casi me hicieron sonreír.

—La pregunta es irrelevante. Cualquier hombre que se atreva a mirar a nuestra hija será eliminado.

Rav se rio, pero respondió mi pregunta.

—Si todos los guerreros de un clan están muertos, a las mujeres restantes se les permitirá elegir alguna de las otras familias de guerreros. Aquí no se abandona a nadie. Esta es la razón principal por la cual las novias de los Prillones en las líneas de fuego son favorecidas con dos compañeros. Si Grigg o yo morimos, tendrás la protección y el amor de tu compañero vivo para que cuide de ti y de tus hijos.

—¿Y luego qué? ¿Tengo otro compañero?

—Generalmente, sí. Si el compañero que te queda aún está luchando activamente, podrás escoger a un segundo.

Me quedé observando la cinta negra en mis manos, aparentemente benigna, y respiré profundamente. Había sido tan arrogante al aceptar esta misión.

¿Ir al espacio? Seguro.

¿Participar en un programa que asigna novias a alienígenas? No hay problema.

¿Engañar a mi nuevo compañero para que confiara en mí, y luego enviar datos e información a la Tierra? No era tan sencillo.

¿Y mantener la cabeza fría? ¿Profesionalidad? ¿Guardar la calma y mantenerse en control?

Como se demostró con el alucinante orgasmo que había experimentado recientemente, estaba jodida. Y mucho más de lo que quería admitir.

Rav me observó detenidamente, como si estuviera intentando leer el torbellino de emociones que me embargaban. Si tenían un artefacto que podía determinar mi nivel de excitación, me preguntaba si tendrían también uno que pudiese leer mi mente. Si lo tenían, Rav no lo estaba agitando frente a mí.

No podía saber que sentía ira, frustración, arrepentimiento. Culpa. Eso último me conmocionaba. Había conocido a estos hombres por un tiempo brevísimo, y ya estaba sintiendo culpa por mi ineludible traición. ¿Por qué? ¿Porque me hacían sentir hermosa? ¿Femenina? ¿Porque el orgasmo fue, literalmente, del otro mundo y me iba a convertir en esclava de mis impulsos? ¿En una idiota que no podría controlar sus emociones ni su cuerpo? Había afrontado demasiadas cosas en mi profesión como para rendirme tan rápidamente a mi sentido de identidad.

Al mismo tiempo, tenía a dos hombres fantásticos que realmente me querían. Sabían cómo hacer que me corriera sin necesidad de una cosa succionando mi clítoris. ¿Qué mujer sería lo suficientemente tonta como para desconocer lo que estos hombres podían darme? Orgasmos jodidamente explosivos. Podía conseguir la información y también echar un polvo al mismo tiempo. Quizás le debía a todas las mujeres de la tierra tener todos los tríos que pudiera tener mientras estuvieran buenos.

Rav asintió y apuntó al collar.

—Es tu decisión, Amanda, pero te aseguro que si no estás usándolo, entonces no podremos salir de la estación médica sin ser desafiados.

—Pero solamente he sido asignada a vosotros. ¿Por qué me querrían los otros guerreros?

Grigg dio una vuelta a sus hombros, como preparándose para la batalla.

—Porque eres hermosa, Amanda. Y eres una novia no reclamada. Las mujeres son escasas por estos lados. Estarían más que dispuestos a arriesgarse por ti, y deseosos de llevarte a la cama para convencerte.

Hice una pregunta más, queriendo recuperar una fracción de mi control, presionándolos tal como ellos me habían presionado en esa mesa de examinación.

—¿Qué sucede si no quiero ponérmelo?

Los tiernos ojos color oro y miel de Rav adoptaron un color ámbar oscuro.

—Entonces Grigg y yo lucharemos contra cada guerrero que se interponga en el camino de aquí a nuestros cuarteles privados, si es necesario.

Me mofé, pero el rostro de Rav estaba totalmente desprovisto de humor. Me di la vuelta en los brazos de Grigg para ver que también tenía la misma expresión de gravedad. Hablaban *en serio*.

—¿Una pelea a muerte? —pregunté.

—No estoy al tanto de cómo es la situación en la Tierra, pero para nosotros el proceso de reclamación es serio. Crucial. Elemental. Tenemos una ventaja, porque has sido asignada a nosotros. Sabemos que eres perfecta para nosotros —aclaró Rav.

—Acabaremos con cualquier guerrero que intente apartarte de nosotros —añadió Grigg—. Eres nuestra.

¿Exactamente en qué lío me había metido? Para poder salir de la habitación, debía colocarme el collar. Si no lo hacía, se desataría un pandemónium. Aunque nunca había visto hombres peleando por mí, esto no tenía pinta de ser una pelea de bar. El término "pelea a muerte" era bastante evidente, y no quería que nadie saliese lastimado. Usaría el collar, mantendría a la gente con vida y me pondría a trabajar. Y quizás echaría un polvo mientras hacía todo lo anterior.

Al mismo tiempo, percibía que esto era importante para Rav y Grigg. Esto no se trataba de colocarse un collar solamente. Era un símbolo que indicaba que les pertenecía. Era importante para ellos, y usarlo por un razonamiento falso parecía atenuar ese detalle. De nuevo sentía esta culpabilidad.

Temblorosa, elevé el collar hacia mi cuello y lo envolví alrededor de él, como había visto que hicieron. Las puntas se ataron por su propia cuenta y sentí que la cinta se volvía más tibia, húmeda, como si estuviera derritiéndose en mi piel, como si se fusionara conmigo...

Al cabo de unos segundos, estaba jadeando, pues mi mente y mi cuerpo se vieron invadidos por sentimientos que no me pertenecían. Deseo. Sed. Un impulso primitivo de cazar. De proteger. De reclamar.

Emociones y deseos llenaron toda mi mente y no podía procesar nada de lo que sucedía.

—¿Qué está sucediendo?

Estaba a punto de vomitar. La habitación estaba dando vueltas. Estaba ahogándome. Cubrí mi boca con mi mano.

—Respira, Amanda. Estoy contigo.

La voz de Grigg se convirtió en mi ancla, y me sostuve en ella desesperadamente para apaciguar el torbellino de emociones que arremetía contra mí; y entonces Rav habló.

—Controla tus emociones, Grigg. Nos estás ahogando a los dos.

—No puedo. No hasta haberla reclamado.

Rav maldijo mientras Grigg se ponía de pie y me sacaba de la pequeña sala de examinación, topándonos con el bullicio y el ajetreo de un concurrido pabellón médico. Por lo menos, diez pacientes y el personal voltearon a mirarnos con curiosidad para monitorear nuestro proceso, y Grigg me llevó en brazos hasta el otro lado de la habitación. Vi a dos hombres utilizando el mismo uniforme verde de Rav; uno era un hombre de la misma raza, alto y dorado, y la otra era una mujer más pequeña, con un extraño par de esposas doradas alrededor de sus muñecas y cabello color rojo cereza recogido en una trenza que llegaba hasta sus caderas. Los pacientes eran, en su mayoría, guerreros enormes con diferentes grados de desnudez; sus armaduras para el combate estaban hechas trizas alrededor de ellos, y sus corpulentos pechos desnudos subían y bajaban con dolor.

Yo era una mujer humana, todavía ligeramente excitada luego de un increíble orgasmo. Tuve que mirarlos. No podía evitarlo. Estaba emparejada, no muerta.

—Cierra tus ojos, compañera. Ahora mismo. O te recordaré específicamente a quién le pertenece tu vagina ahora.

La orden de Grigg me hizo sonreír, no había notado que mis sentimientos al ver al atractivo gigante podían ser percibidos por medio del collar. Obedecí, no quería tener problemas por mirar demasiado al hombre más colosal que había visto en toda mi vida.

—¿Qué tipo de alienígena es?

Grigg refunfuñó mientras seguía caminando, pero Rav respondió. Lo que, me parecía, era lo habitual.

—Es un señor de la guerra de Atlan. Es una de las pocas razas cuyos guerreros son más grandes que los de Prillon.

Grigg me sostuvo con más fuerza mientras, finalmente, hacía algo más que solo gruñir.

—Los Atlanes son guerreros implacables y están a cargo de todas las brigadas de infantería de la Coalición. Luchan contra el Enjambre sobre el terreno, en combate cuerpo a cuerpo. Aquel era el caudillo Maxus. Ha luchado junto a nosotros por siete años, y debe irse pronto porque su fiebre lo está consumiendo.

—¿Fiebre?

—Fiebre por una compañera. Si los guerreros de Atlan no consiguen ni reclaman a una compañera que sea capaz de controlarlos, se convierten en bestias, en gigantes frenéticos tres veces más monumentales que el que has visto.

—¿Sus compañeras los controlan?

—Sí, de cierto modo. Sus compañeras son las únicas criaturas capaces de calmar la ira de su bestia. Sin una compañera, pierden el control sobre sí mismos y deben ser sacrificados.

Dominada por sus compañeros

¿Qué demonios? ¿Sacrificados? ¿Cómo los perros?

—¿Sacrificados? ¿Es decir, deben matarlos? No puedes estar hablando en serio. Eso es cruel.

—No, es necesario. Ya no estás en la Tierra. Ni siquiera estás en la misma galaxia. Aquí luchamos por sobrevivir, luchamos para defender a todos los mundos que forman parte de la Coalición, incluyendo a tu Tierra, de un destino peor que la muerte. No tenemos tiempo para juegos. Un guerrero Atlan desenfrenado mató a seis de mis guerreros durante mi primera misión antes de que lo matara a tiros. Era un amigo, un hombre a cuyo lado había luchado y en quien confiaba. Mi vacilación puede costar vidas, Amanda. Los Atlanes viven bajo un código de honor distinto, un código estricto diseñado para salvaguardar todo lo que luchan por proteger. Mientras se desangraba en el piso, me dio las gracias.

Intenté imaginar la fuerza de convicción, el dolor profundo que uno sentiría al ejecutar a un amigo, y sentí algo de pena por el guerrero que me sostenía sobre sus brazos. Había tanta humanidad que no conocía, o que no comprendía, en los guerreros alienígenas bajo cuyo dominio ahora vivíamos. Sin embargo, esa era una de las razones principales por las cuales me encontraba aquí: para aprender, comprender, y enviar información a la Tierra.

Escuché una puerta abriéndose y cerrándose, y luego otra. Pronto, los débiles sonidos de afuera cesaron, y Grigg me puso sobre el suelo. Mis ojos todavía estaban cerrados, como había ordenado, por razones que no podía explicarme ni a mí misma. Su historia me había entristecido y me había hecho sentir mal por él. Era tan exigente, estaba tan acorralado por sus decisiones, tal como lo estaba yo.

No quería quererlo demasiado. No quería sentir simpatía por él. Hoy no era mi mejor día para ser fuerte e indiferente. Quizás era el collar, o quizás solo *quería* a estos hombres. Quizás su sentido de honor y servicio no era tan diferente que el de los veteranos que servían al ejército en nuestra Tierra.

No, ellos no eran hombres. Eran alienígenas. Prillones. Y no significaba que tuviesen razón. Los soldados seguían órdenes.

Para bien o para mal, así siempre habían sido las cosas. Y estos guerreros, mis compañeros, eran fundamentalmente soldados. Me correspondía a mí descubrir las motivaciones y verdades que se escondían detrás de aquellos que emitían las órdenes.

Cuando mis pies tocaron el suelo, Grigg soltó la sábana, la cual cayó y se apiló sobre mis pies. Sus brazos me rodearon, acercándome a él, presionando mi mejilla contra su pecho; podía escuchar el fuerte golpeteo de su corazón, peculiarmente humano y reconfortante, incluso aunque lo sintiera a través de su grueso uniforme.

Tras un par de segundos, recorrió mi espalda con sus manos, delineando desde mis curvas hasta la cúspide de mi trasero, como si el contacto con mi piel lo tranquilizara.

—¿Rav?

La voz de Grigg sonaba mucho más suave que nunca, como si se estuviera disculpando con esa sola palabra; había arrepentimiento en el tornado emocional que el collar me hacía sentir.

—Sí.

Rápidamente, el doctor se encontraba detrás de mí; el calor que emanaba su cuerpo era como una fogata a mis espaldas.

—No puedo controlarme.

—Lo sé.

—Tómala.

Grigg se movió ligeramente, dándome un leve empujón para que diera un paso atrás, hacia los brazos de Rav.

—Abre tus ojos, Amanda.

Hice lo que ordenó, y lo vi retrocediendo para sentarse en una silla grande que se encontraba junto a una cama aún más grande. Su mirada era tan intensa, que de haber tenido forma física me hubiese atravesado; y me di cuenta de que había un hervidero de emociones cociéndose dentro de su pecho. Lo percibí, y percibí su intensidad por medio del collar.

—¿Qué estás haciendo? No comprendo.

Sabía que su miembro estaba tan duro como una roca y que estaba desesperado por llenarme. Sabía que tenía tantas ganas de tocarme que temía lastimarme. Tenía miedo, miedo de perder el

Dominada por sus compañeros

control, miedo de ser demasiado tosco y asustarme. Mientras se desnudaba, los fuertes músculos de su pecho y su espalda me hicieron agua la boca.

Rav envolvió sus brazos alrededor de mí, y no estaba segura si esto era para evitar que escapara, o porque quería sentir mi piel. Me abrazó de esa manera, mi espalda daba contra su pecho mientras Grigg se deshacía de sus pantalones, haciéndolos a un lado. Su enorme pene estaba tenso por el deseo de alcanzarme. Estaba hinchado y era grueso, su cabeza era muy amplia. Una vena surcaba el prominente miembro. Noté la gota de líquido preseminal en la cabeza de su pene, y vi cómo se deslizaba desde la cima. Me relamí los labios, no podía evitar pensar cómo sabría esa pequeña gota perlada bajando por mi garganta, hacia mi estómago, o cómo se sentiría sobre mis pechos. Y sentí el fuego consumiéndome. El líquido había avivado mi clítoris de alguna manera, y sabía que haría lo mismo en el resto de mi cuerpo.

Las manos de Rav masajearon mis senos desnudos y Grigg, quien observaba cada movimiento, se estremeció.

—Sí, Rav. La reclamaremos ahora mismo. Fóllala. Haz exactamente lo que te ordene —dijo, gruñendo.

A través del extraño vínculo generado por nuestros collares, sentí la indignación de Rav debido a los arrogantes mandatos de Grigg. Los collares eran una herramienta poderosa y embriagadora. Percibía cosas, *sabía* cosas que no debería saber, pues había sido recién transportada a este lugar. De alguna manera, sabía que Rav estaba acostumbrado a seguir las órdenes de su comandante y que haría lo que este le ordenara, incluso follarme. Era una orden sencilla, estaba demasiado ansioso por tocarme como para desobedecer. El duro y grueso miembro que ejercía presión a mis espaldas me decía que estaba más que listo para hacer lo que sea que Grigg quisiese. Ambos nos encontrábamos a la merced de Grigg —yo, desde luego, estaba a la merced de ambos—, obedeciendo sus caprichos; y por algún motivo, ese pensamiento me excitó tanto que comencé a temblar.

Grigg se sentó en la silla; sus rodillas estaban extendidas; su miembro acaparaba toda la atención, y sus brazos descansaban sobre los reposabrazos como si fuera un rey sentado sobre su trono. El rey habló:

—Levántala y cárgala hasta el borde de la cama. Recuéstala sobre su espalda para que su cabeza cuelgue del borde. Quiero que me mire.

No me resistí a Rav mientras me elevaba y me sentaba sobre la enorme cama. El lecho era suave y de un color azul oscuro, un tono más claro que el collar de mi compañero. Rav me colocó sobre mi espalda, como le habían ordenado. Mi cabeza colgaba sobre el borde, en donde tenía que mirar más allá del miembro de Grigg, más arriba de su enorme pecho musculoso para que mis ojos pudiesen llegar a su rostro dorado. En la luz tenue, sus ojos lucían negros mientras me devoraba con la mirada, tomándose su tiempo cuando recaían sobre mis senos, ondeando en el aire. Cuando sus ojos se encontraron con los míos, sentí un escalofrío por la intensidad del deseo que fluía en mí por medio de mis hombres.

Dios, amaba este collar. Sabía, simplemente *sabía*, cuánto me deseaban mis hombres. Esto no era un juego. Esto era... Primitivo.

La sonrisa de Grigg era puramente arrogante, y estudié su rostro; el rostro del hombre a quien acababa de conocer y a quien estaba a punto de entregarme.

—¿Te gusta cuando observo, Amanda?

¿Qué? ¡No! ¡Nunca admitiría eso ante él!

—No.

—¿Hace que tu vagina se moje?

—No.

¿Qué quería de mí? Ya estaba desnuda, sobre mi espalda, a su merced. Ahora quería que le dijese que lo quería. ¿Quería que le dijese que siguiera observándome como un pervertido? No. Jamás. Sabía que Rav estaba arrodillado, esperando; la espera nos estaba dando dificultades para respirar apropiadamente.

Grigg entrecerró los ojos.

—¿Quieres que nos detengamos?

Joder. No. No quería. Quería esto, lo que sea que esto fuese. Nunca había planeado tener dos compañeros, jamás había planeado ser dominada por completo. Me dejaba perpleja lo mucho que quería esto. Pero ya había ido demasiado lejos como para detenerme. Estaba aquí, en el espacio. Y estos hombres eran míos. Totalmente míos.

—Puedo percibir las mentiras por medio del collar, Amanda. Tu mente puede tratar de oponerse, pero tu cuerpo nunca nos mentirá ni a mí ni a Rav. Ya has mentido una vez. No deberías hacerlo de nuevo. Lo preguntaré de nuevo: ¿Quieres que nos detengamos?

Sentí su poder, su necesidad, su fuerza, su excitación a través del collar; lo cual significaba que ellos también podían percibir todas mis emociones. No tenía ningún lugar en donde esconderme. Podía desnudar mi cuerpo, pero el collar desnudaba mi alma. Me relamí los labios, y así pronuncié las palabras a las que no me podía resistir por más tiempo.

—No. No os detengáis.

Satisfecho, Grigg me miró mientras daba la siguiente orden a Rav.

—Abre sus piernas y dime si su coño está mojado.

7

Amanda

Las ásperas manos de Rav aterrizaron sobre mis rodillas, dobladas, y las abrió de par en par hasta que mis muslos estaban prácticamente rectos sobre la cama. Yo era flexible, y de pronto me sentí agradecida por el riguroso ejercicio físico que, aunque no había hecho desaparecer mi peso extra, me mantuvo flexible y lista para...

—Ah, Dios...

La lengua de Rav se introdujo dentro de mis húmedas profundidades, haciendo que mi espalda se arqueara. Demonios, ningún hombre debería tener una lengua tan gruesa como la suya —ni tampoco tan larga. Levanté mi cabeza para mirarlo.

—Mírame.

La orden de Grigg hizo que mi vagina palpitara alrededor de la lengua de Rav, y mis dos compañeros jadearon cuando mi excitación saturó la conexión creada por los collares. La lengua de Rav me acariciaba por dentro y por fuera, estimulando mi clítoris y luego follándome intensamente. La superficie de su lengua era más áspera que la de cualquier hombre que me haya saboreado anteriormente; era áspera y la manejaba con habilidad.

Se detuvo, y sus palabras hicieron que Grigg levantara una ceja.

—Está tan mojada, que su crema recubrió mi lengua como vino.

—Pruébala de nuevo, Rav. Lámela y saboréala, hasta que sus piernas tiemblen y su vagina se hinche, presionando tu lengua.

Rav volvió a ocuparse de mi vagina y yo me estremecí, mordiendo mi labio para resistir los gritos de placer que amenazaban con escapar. Dejando caer mi cabeza, miré a Grigg, quien me observaba retorciéndome; el contacto visual me excitó mil veces más.

No debería disfrutar la sed que veía en su mirada. No debería excitarme tanto con la idea de que estuviera observando a Rav follándome con su lengua, pero me excitaba de todos modos. Sabía que si esto continuaba, le rogaría que me tomara. Le rogaría que me tocara. Me sentía como una pervertida, como una chica muy, muy sucia.

—Chupa su clítoris, Rav. Provócala, pero no dejes que se corra.

Negué con la cabeza en señal de desobediencia hacia su orden, porque quería correrme *tanto*, pero no podía apartar mi mirada de los intensos ojos de Grigg mientras me observaba. Él notaba todo, hasta los detalles más mínimos. Sentía que estaba tratando de meterse en mi mente. Se dio cuenta cuando la lengua de Rav tocó un punto sensible dentro de mí, provocando que diera un respingo. Observó, frunciendo el ceño, cuando cerraba mis ojos por demasiado tiempo. Cada contracción de mi cuenca vacía me hacía gemir de deseo; mi excitación estaba a tal grado que la ensenada de mi vagina dolía, sintiéndose demasiado llena. Las suaves sábanas que se deslizaban bajo mi espalda tenían cierto erotismo; se sentían más suaves que la seda al contacto con mi piel, pero esa era la única sensación que se me permitía sentir aparte de la boca de Rav sobre mi clítoris.

Estaba vacía. Mi piel, desnuda. Aparte de la lengua hábil de Rav, nadie más me estaba tocando.

Dominada por sus compañeros

Quería ser tocada. Lo necesitaba. Necesitaba la conexión con alguien más. Me sentía como si estuviera flotando. Era irreal. Comencé a sentirme perdida. Abrumada.

—Fóllala con tu lengua, Rav. Haz que se corra.

Las palabras de Grigg provocaron que el hombre entre mis piernas soltara un gruñido, mientras que tres de sus dedos me abrían, follándome al ritmo de la áspera lengua que lamía mi clítoris.

Unas manos se posicionaron sobre mis hombros, sosteniéndome. Grigg. No lo había escuchado moverse. La presión de sus manos me impidió moverme. No podía ir a ningún lado. No podía escapar. Estaba atrapada, presa en medio de ellos; y tan excitada que mi cerebro se desconectó. Me sentía como un animal, como un caballo mesteño salvaje siendo destrozado.

—Mírame, Amanda. Mírame cuando te corras.

No había advertido que mis ojos estaban cerrados. Los abrí, y mi mirada se conectó inmediatamente con la de Grigg, mi compañero.

Se inclinó hacia mí, observando cómo mi pecho subía y bajaba y mis piernas temblaban. Mi espada se arqueó y levanté mis caderas en un intento de huir de la boca y los dedos que me producían sensaciones que jamás había experimentado antes. Era demasiado, todo era demasiado intenso. No podía soportarlo. Iba a estallar.

—Esto… No puedo… Oh, Dios…

Rav gruñó, su intensa bestialidad me embestía por medio del collar mientras contemplaba cada uno de los movimientos de mi cuerpo. Grigg me sostenía con más fuerza. No había escapatoria. Mi cuerpo estaba aprisionado.

—Córrete, Amanda. Ahora.

Mi mente —mi cuerpo les había pertenecido a ambos desde hacía tiempo— se desconectó totalmente, sujetándose de la autoridad y el dominio aplastante de Grigg. La orden de Grigg desencadenó un sentimiento tan oscuro y desesperado dentro de mí que perdí todo el sentido de mi ser; mi cuerpo reaccionaba ante su presencia de manera instintiva, y grité mientras me desmoronaba por el éxtasis.

Grigg fijó sus ojos sobre los míos mientras estallaba del placer; él era mi ancla mientras su deseo y su necesidad me encendían aún más. Cuando el orgasmo disminuyó, se atenuó, y finalmente acabó, no me sentía en calma. No estaba completa.

Estaba fuera de control. Gimoteaba. Rogaba. Quería que me follaran, que me reclamaran, que me hicieran suya. Necesitaba más. Mi cuerpo estaba más agitado de lo que había estado momentos antes, estaba a punto de tener otro orgasmo solo por el suave movimiento deslizante de los dedos de Rav, entrando y saliendo de mi cueva húmeda; por los gruñidos débiles de su satisfacción mientras lamía con delicadeza mi clítoris, bebiendo de mi estanque como si estuviera probando el mejor vino de todos.

No quería que me lo hicieran lentamente ni con delicadeza. Quería ser tratada con brusquedad, con fuerza, con movimientos rápidos. Quería que me follaran. Que me hicieran sentir completa. Que me tomaran.

—Ahora —rogué.

Las manos de Grigg se dirigieron hacia su miembro, agarrándolo bien y acariciándolo. Su enorme cuerpo estaba tenso, listo para atacar tal cual predador. En vez de asustarme, me excitó aún más. Lo quería. Ya. Ahora mismo.

—Fóllala, Rav. Atiborra ese coño con tu sólido pene.

El shock de Rav se sintió como una sacudida eléctrica a través de nuestro vínculo.

—¿Qué?

—Me oíste.

Miré a Grigg a los ojos, y sentí como brotaba la confusión de Rav por medio del collar.

—Soy su segundo, Grigg. Eres tú quien debe follarla. Su primer hijo te pertenece por derecho.

Las protestas de Rav hicieron que Grigg se pusiera derecho, imponiéndose sobre mí. Por primera vez despegó la mirada de mí para contemplar a su segundo.

—Fóllala, Rav. Eres mío, de la misma manera en la que ella es mía. Tu pene me pertenece. Tu semilla es mi semilla. Si lleva a nuestro hijo en su vientre, entonces el niño será parte del clan guerrero de Zakar. Fóllala. Cólmala. Ahora.

El shock inicial de Rav desapareció, reemplazándolo por lujuria, anhelo, excitación, y un extraño sentimiento de soledad que me hizo jadear. La intensidad de su necesidad derribaba el muro que resguardaba mi corazón, muro que nunca había dejado a nadie siquiera tocara. Toqué su rostro con ambas manos, no podía evitarlo.

—Rav.

Su cuerpo se movió sobre el mío, aprisionándome con fuerza contra las sábanas; su pene daba empujones hacia adentro mientras su boca reclamaba mis labios.

—Fóllala, fóllala con fuerza.

Grigg estaba caminando de un lado a otro cerca del extremo del lecho, contemplándonos. Esperaba, como un predador listo para atacar, para tomar su turno junto a su presa. Su satisfacción resonando a través de mi cuerpo me causaba casi tanto placer como el pecho cálido y firme que estaba contra el mío, con sus labios adueñándose de mí.

Rav movió sus caderas; su pene seguía avanzando, empujando dentro mi entrada. Era tan jodidamente enorme que los labios de mi sexo se separaron, abriéndose de par en par a su alrededor. Aparté mi boca de la suya, mi cuello se arqueaba mientras tenía problemas contra la sensación de su miembro colmándome lentamente, abriéndome hasta el límite entre el placer y el dolor. Me retorcí, y moví mis caderas para ajustarme a su tamaño.

—Tómalo, Amanda. Levanta tus caderas. Fóllalo. Acoge su miembro dentro de tu húmedo sexo. Rodéalo con tus piernas. Ábrete. No puedes alejarnos de ti. Nos perteneces. Puedes tomarlo. Fóllalo. Reclámalo. Hazlo tuyo, compañera. Déjalo entrar.

Esto era un lío. No podía poner en orden el torbellino de emociones que me sofocaban. Mis emociones. Las de Rav. Las de Grigg. Todo era una desastrosa mezcolanza de anhelo, lujuria, deseo, soledad, necesidad.

Era la necesidad la que me hacía pedazos. ¿Era suya? ¿Era mía? No tenía ni idea, y no me interesaba saberlo mientras envolvía mis piernas alrededor de las caderas de Rav y elevaba mi pelvis, dándole el ángulo que necesitaba para penetrarme con una sola estacada lenta.

Acogí la sensación de cómo me dilataba, el dolor que pronto se desvaneció y se convirtió en éxtasis. Esto nunca se había sentido así antes. *Nunca*.

—Fóllala, Rav.

Las manos de Rav se enredaron con las mías, palmas contra palmas, nuestros dedos entrelazados mientras me estrujaba contra la cama. Me besó de nuevo, su lengua invadió mi boca mientras elevaba sus caderas y me penetraba tan divinamente una, y otra, y otra vez, aumentando cada vez más el ritmo, que me hizo gemir mientras sentía mi orgasmo llegando.

Estaba al límite, justo al borde de otro orgasmo. Otro más.

—Detente.

La orden de Grigg hizo que lanzara un grito de protesta, pero Rav se detuvo, su miembro enterrado en lo más profundo de mí. Necesitaba que se moviera, ¡maldición!

—No.

Mi protesta salió de mis labios entrecortada y débil, pero Grigg tuvo la osadía de reírse.

—No te preocupes, compañera —replicó—. Vamos a ocuparnos de ti.

La oscura promesa hizo que mi sexo se contrajera, haciendo gruñir a Rav. El sudor se escurría de sus cejas y aterrizaba sobre mi pecho. Había estado tan cerca de correrse, que este retraso le resultaba insoportable, también.

—¿Qué quieres, Grigg?

—Date la vuelta sobre tu espalda, pero no dejes que tu pene se salga de su vagina.

En cuestión de segundos, Rav se había girado y estaba ahora debajo de mí; su miembro me atiborraba aún más en esta posición, sobre sus caderas, y jadeé. Tenía que colocar mis manos sobre su pecho para mantener el equilibrio, la cálida sensación de su pecho casi abrasaba mis palmas. No podía resistir, presioné mi clítoris sobre su firme abdomen y dejé que mi cabeza se echara hacia atrás, mis ojos cerrándose por el abandono. Tan cerca. Estaba tan, tan cerca.

¡Zas!

La mano de Grigg aterrizó sobre mi trasero, provocado una aguda dentellada de dolor, y me sacudí, aturdida; la sensación comenzaba a arder y mi movimiento hacía que el pene de Rav me penetrara con más profundidad, y mi jadeo de estupefacción se transformó en un gemido.

—¿Qué estás haciendo? —gruñó.

Giré mi cabeza para encontrar a Grigg junto a mí con los brazos cruzados.

—Yo...

—Sostenla, Rav. Mantén tu pene dentro de ella, pero no dejes que se mueva.

—¿Qué? —me quejé—. ¿Siempre... siempre eres así de mandón?

Los brazos de Rav envolvieron mis hombros y tiro de mí hacia abajo, mi pecho ahora descansaba sobre el suyo. Fijé mi mirada sobre él y vi las comisuras de sus labios levantándose.

—Asumo que con "mandón" te refieres a que es autoritario. Sí, siempre le dice a la gente lo que tienen que hacer.

Sus enormes brazos eran como cintas de acero que se enredaban alrededor de mi espalda, su miembro ocupaba todo el espacio dentro de mi sexo, y mi trasero estaba al aire, vulnerable de una manera tal que ni siquiera estaba segura si me gustaba. Las palabras de Rav me tranquilizaron, Grigg era tan dominante por naturaleza. También sentí que Rav era lo suficientemente poderoso por sí mismo como para protegerme de cualquier cosa, incluso de Grigg, si fuese necesario.

—¿Qué... qué estás haciendo? —le pregunté a Grigg, mis palabras escapaban de mis labios con cada uno de mis jadeos—. Por qué... ¿Por qué me hiciste parar?

Grigg alzó una ceja.

—Me mentiste, compañera. Sí te gusta cuando observo. Te gusta lo que te estamos haciendo. Me parece que ya habías escuchado que si le mientes a tus compañeros, entonces serás castigada.

Mi mente se encontraba envuelta en una capa tal de niebla y lujuria, que tuve que pensar por casi un minuto para recordar la conversación que habíamos tenido en la estación médica. Mentirle a mis compañeros estaba prohibido y solo haría que recibiera...

—No puedes estar hablando en serio.

Por toda respuesta, Grigg azotó mi trasero.

—¡Grigg! —grité. El escozor se transformó en una sensación cálida y nítida.

Me dio otra nalgada.

Y otra.

Zas.

Zas.

Zas.

—¡Grigg!

Una sensación de fuego recorrió mi trasero dolorido mientras continuaba azotándome; y mientras más intentaba apartarme, más profundo me embestía el pene de Rav, hasta que el calor del azote y el dolor cortante del mástil de Rav colmándome me impulsaron hacia otro orgasmo mucho más rápido de lo que podía soportar o de lo que podía comprender.

Me sostuve de los hombros de Rav, mis uñas se clavaban en su piel. La primera silueta de la ola de éxtasis me hizo gimotear, pero así de rápido, Grigg tomó mi cabello entre sus manos, y elevó mi cabeza para que pudiera mirarlo.

—No. Aún no puedes correrte, compañera. Todavía no.

—¿Qué? Yo no...

Sus palabras hicieron que mi cuerpo se desconectara, y sollocé con desespero.

—Por favor.

Recorrió delicadamente mi espalda con su mano, y se alejó para tomar algo de uno de los cajones al otro lado de la habitación antes de volver conmigo. Cada segundo que transcurría se sentía como una hora. El pecho de Rav subía y bajaba, como el mío, pues también sentía la tensión de contenerse.

Miré a Rav, esperando que me diese alguna pista para comprender a Grigg.

—Shh —me arrulló suavemente—. Él sabe lo que necesitas.

Eso lo ponía en duda, pero cuando Grigg se arrodilló en la cama, detrás de mí, y colocó sus manos sobre mi trasero con gentileza, suspiré aliviada. Quizás Rav tenía razón. Quizás Grigg sabía lo que necesitaba, pero solo actuaba demasiado lento para llegar a eso.

Al cabo de un par de segundos, estaba retorciéndome de nuevo mientras derramaba sobre mí el mismo aceite caliente que recordaba haber sentido en mi otro orificio cuando estábamos en la estación médica.

—¡Espera!

¡Zas!

—Quédate quieta, compañera. Estoy introduciendo un pequeño dispositivo de entrenamiento dentro de ti, para que cuando Rav y yo te reclamemos al mismo tiempo, no sientas otra cosa que no sea placer puro mientras nuestros penes te llenan por completo.

Dios, era ese sueño de nuevo. Dos hombres. Atiborrándome. Haciéndome...

—Ahh —me retorcí ante la incómoda sensación mientras Grigg introducía el dispositivo dentro de mí. Tal como lo había prometido, no era muy grande; pero teniendo el grueso pene de Rav dentro de mí, me sentía increíblemente llena. Demasiado llena. Era demasiado—. No puedo... Es...

—Rav.

La palabra que musitó Grigg hizo que Rav moviera sus caderas debajo de mí, embistiendo su cuerpo contra mi clítoris. Ah, sí, esto se sentía tan bien.

—Haz presión sobre su pene, Amanda. Estrújalo hasta que se corra.

Me encontraba más allá de pedirle algo. Más allá de los ruegos. Más allá de, incluso, pensar sobre lo intenso y dominante que era Grigg. Estaba completamente a su merced. Si quería correrme, haría lo que Grigg me ordenase. Lo quería, y quizás era por el collar, pero sabía que Grigg me daba solo lo que pudiese soportar, lo que realmente *quería* en lo más profundo de mí. Quizás tan profundo, que ni siquiera yo estaba consciente de ello.

Me recosté sobre el pecho de uno de mis compañeros mientras el otro acariciaba y jugaba con el tapón que llenaba mi trasero, y yo obedecí. Contraje mis músculos internos alrededor del rígido miembro de Rav, los relajaba, y luego repetía la misma acción una y otra vez hasta que sentí cómo su pulso se aceleraba y su cuerpo se tensaba debajo de mí. La respiración entrecortada de Rav era como rugidos oscuros.

—Ven, Rav —ordenó Grigg—. Ahora. Rellénala con nuestro semen.

Grigg masajeó mi trasero, separando aún más mis labios vaginales en el momento que Rav se corrió, lanzando un grito. Su pene se sacudía y rebozaba mi sexo con su semen. Estaba esperando sentir el delicioso calor que emanaba de su semen, porque había algún extraño químico en él que mi cuerpo absorbía. Lo esperaba, pues ya lo había sentido antes en la sala de examinación cuando Grigg había tocado mi vagina con sus dedos llenos de líquido preseminal, pero no pude controlar mi reacción.

Reventé, y nada de lo que nadie hubiera dicho o hecho hubiese detenido el estallido de éxtasis que embargaba a mi cuerpo. Temía que mi corazón fuera a explotar, temía no sobrevivir la intensidad de la experiencia. Grité, cerré mis ojos con fuerza y tensé cada músculo de mi cuerpo. Sucumbí, me rendí ante la sensación.

A medio camino del orgasmo, Grigg me apartó de los brazos de Rav, me retiró de su pene y me colocó en el extremo de la cama, con mis caderas apuntando hacia el borde. Aún recostada sobre mi panza, Grigg separó bien mis piernas y se arrodilló detrás de mí. En una estocada —el camino se había suavizado por el semen de Rav— me colmó con su inmenso pene. Mi orgasmo todavía no había acabado, y mi cuerpo se agitó alrededor de su miembro, ordeñándolo por completo.

Sus manos sobre mis caderas se movían con brusquedad, con fuerza, desesperadas mientras me echaban hacia atrás cada vez que me penetraba. Estaba más cerca con cada estocada, y me movía hacia atrás para sentirlo con más profundidad.

—¡Sí! —grité, necesitando más y más, lo que sea que pudiera darme.

—Toca su clítoris, Rav. Haz que se corra de nuevo.

Grigg estaba casi sin aliento, pero sus palabras fueron muy claras, y Rav se movió inmediatamente en la cama. Se recostó sobre su espalda, su rostro estaba a meros centímetros del mío, su largo brazo se deslizó entre mi cuerpo y la cama para hallar mi clítoris y acariciarlo mientras Grigg me follaba por detrás. Lo que sea que haya puesto en mi trasero estaba siendo incrustado más y más adentro con cada embestida, su pelvis chocaba con la pestaña que lo mantenía en su lugar.

Rav lucía aturdido, conmocionado y conocía ese sentimiento. No tenía ninguna intención de tocarlo, pero lo hice; acerqué su boca a la mía, y lo besé con cada ápice de deseo que sentía en mi cuerpo. Mientras Grigg me follaba bruscamente por detrás, mi beso con Rav era más sensual y cariñoso, como una exploración y reclamación delicada de mi parte.

Me asombró cuando mi cuerpo volvió a pedir más. El semen de Rav era como fuego en mi sangre. ¿La sensación de estar llena en ambos orificios? Cuatro manos sobre mi cuerpo. Dos bocas sobre mi piel. Todo esto combinado me llevó al límite de nuevo.

Nunca me había sentido así. Salvaje e indomable, sin inhibición alguna. El orgasmo no se parecía a ninguno que hubiera tenido antes. *Nada* se había sentido como esto. Por medio del collar sentí su propio desespero por correrse, y esto solo hacía que el mío aumentara. Era como un círculo, un remolino que nos levantaba a los tres al unísono, cada vez más y más alto.

Grigg gruñó cuando mi vagina se contrajo alrededor de él como si fuese un puño estrujándolo, su semen bombeándome como si estuviera vertiendo gasolina sobre el fuego, y mi orgasmo continuó por más tiempo hasta que, finalmente, me desplomé sobre la cama. El miembro de Grigg aún estaba dentro de mí, su firme cuerpo se instaló a mis espaldas. Era un peso que mi cuerpo apreciaba.

Estuvimos así durante muchos minutos. Los tres buscábamos calmarnos, intentábamos recuperar el aliento. La mano de Rav acarició mi larga cabellera. Grigg rozaba mi costado, acariciando con delicadeza el recorrido desde debajo de mis senos hasta las caras internas de mis muslos; sus labios delineaban los baches de mi columna vertebral desde mi cuello hasta abajo.

Cerré mis ojos y dejé que me poseyeran. Todos ignoramos las lágrimas que se escapaban a través de mis pestañas cerradas. Estaba vacía. Utilizada. Les había dado todo. Todo. Y ahora estaba dividida en dos. Habían visto cada oscuro rincón de mí, me conocían de una manera en la que nadie antes me había conocido. Estaba abierta y expuesta. Era vulnerable y débil ante ellos.

Y en ese momento, me di cuenta del lío en el que estaba metida. Sería demasiado fácil enamorarme de mis compañeros, sería demasiado fácil querer este cuento de hadas que me presentaban en bandeja. Y si permanecía aquí, acostada por más tiempo junto a ellos, sintiéndome querida, deseada, y valiosa, más me daba cuenta que traicionarlos rompería algo dentro de mí.

Y aun así, no podía darle la espalda a la obligación que tenía con mi gente. Tenía que descubrir con exactitud la amenaza que suponía el Enjambre para nosotros y enviar tanta información como fuera posible a la Tierra. Dejar a la humanidad en la oscuridad y en las garras de la Coalición Interestelar no era una opción para mí, daba igual lo alucinante que haya sido el sexo con mis compañeros.

Vaya, vaya. Qué idiota.

8

 rigg

No dormí. En vez de hacerlo, me quedé despierto durante toda la noche contemplándolos dormir, abrazándose el uno al otro, abrazándome a mí.

Amanda, mi hermosa compañera, dormía desnuda con su cabeza reposando sobre mi hombro, su pierna enredada con la mía, y su brazo rodeando mi pecho. Incluso, en sueños venía hacia mí. La imagen hizo que la esperanza floreciera dentro de mi pecho; esperanza de que pueda ser mi compañera verdadera, de que aprendiera a amarme.

Estaba de espaldas a Rav, su cuerpo estaba abrazando el de ella por detrás en una postura protectora que no pude menos que aprobar. Su brazo era largo, y su mano también descansaba sobre mi pecho. Sus dedos sostenían ligeramente su muñeca, sujetándola, incluso, en sueños. Su roce no me perturbó. Él era mío, también, y no podía haber escogido un mejor segundo para mi compañera. Era un imponente guerrero de nuestro clan, extremadamente inteligente y feroz cuando era necesario. Sería un excelente compañero para nuestra Amanda, y con su alto rango como oficial superior en medicina, el riesgo de que nuestra compañera se quedara desprotegida por la muerte de sus dos compañeros en el campo de batalla era mínimo. Si llegara a morir en mi próximo ataque, él la cuidaría, la amaría, la follaría...

Ese pensamiento hizo que algo oscuro y desesperado retorciera mi estómago; algo que hurgaba en mi interior como garras, haciendo que mi alma derramara sangre, que ansiara y deseara. Un sentido de fatalidad se apoderó de mí como una tempestad. Era ese mal presentimiento que había sentido durante toda mi vida. Mi padre tenía razón. No tenía capacidad de mando. Era débil. Sentimental. Mi mente se cegaba con emociones y necesidades que ningún guerrero real se atrevería a sentir. No había notado que esas emociones existían hasta ahora. Hasta que conocí a Amanda.

Me liberé de los brazos y piernas de mi compañera, sintiendo que era imposible mantener a raya mi dolor, y me alejé silenciosamente del lecho.

Al carajo con el capitán Trist y con su intromisión. Había una razón por la cual no había solicitado una compañera. No esperaba vivir tanto tiempo como para reclamar a una mujer y hacerla mía. Rav siempre había sabido que sería mi segundo, pero le había dejado en claro muchas veces que si quería solicitar una compañera propia, siendo él un Principal, entonces debería hacerlo. Tenía el rango y el status necesario para solicitar una novia. Había un buen número de guerreros que se sentirían honrados de ser su segundo.

Pero se negó. Habíamos hecho un juramento cuando éramos simples niños de que jamás nos abandonaríamos el uno al otro. Y lo habíamos cumplido.

A menudo, todo esto sería mucho más sencillo para mí si Rav me hubiera abandonado a mí y a mi cabeza dura. Quería que fuera feliz, pero estaba agradecido de que su lealtad sea y haya sido siempre inquebrantable. Para ser honesto, había terminado dependiendo de su mente aguda y de su influencia tranquilizadora mucho más de lo que quisiera admitir.

. . .

Dominada por sus compañeros

Y AUN ASÍ, había esperado. Estaba más enfocado en la posibilidad de morir que en la de vivir, o tener una familia. No quería que Rav llorara mi muerte. No quería que mi compañera llorara mi muerte. No quería…

Amanda. Suspiró suavemente y se revolvió en la cama, intentando sentirme en sus sueños. Cuando no consiguió a nadie, acudió a Rav, dándose la vuelta para que su frente y nariz estuvieran presionadas a su pecho; sus brazos se envolvían alrededor de ella como si fuera su jaula protectora, mientras ella se acurrucaba más y volvía a sus sueños.

Ella era imprevisible, tal como lo era mi reacción hacia ella. Todo en ella era perfecto. No podía dejar de contemplar su peculiar cabello oscuro o sus suaves curvas redondeadas y muslos. La espléndida almohadilla que era su abdomen, y sus senos grandes. Sus labios, rosas e irresistibles, tal como los de su sexo. Estaba a punto de perderme en sus ojos oscuros cuando Rav estaba haciendo que se corriera, mientras su placer fluía a través de ella y ambos se rindieron ante mí, ante mi control. Mientras más pedía, más rápido se derretía. Tan sumisa. Lo había percibido en ella, sabía, por medio del collar, que eso era lo que quería. No, lo *necesitaba* con tanto desespero, tal como yo necesitaba dominarla. Era increíblemente perfecta para mí.

Aún más asombrosa era la intensa necesidad que sentía de controlar a Rav, de dirigirlo, de poseerlo en su totalidad, tal como poseía a mi compañera. No quería acostarme con él, pero necesitaba tenerlo, controlarlo, protegerlo y cuidarlo. Aquella necesidad volvía hacia mí, sin un origen específico, siempre que nuestra compañera estaba entre nosotros.

Era mío, y no podía comprender la pasión de mi necesidad instintiva de asegurarme de que haya entendido y aceptado mi dominancia y protección tan bien como Amanda. Repentinamente, me sentía irritado de que las pertenencias de Rav aún estuviesen en su cuartel privado y no aquí, conmigo y con nuestra compañera, en donde debían estar. Resistí el extraño impulso de despertar a Amanda y hablar con ella, de preguntar sobre su vida y darle un *tour* por mi nave; de lucirme como si fuese una joven promesa tratando de impresionar a una mujer, en vez de un comandante que no necesitaba impresionar a nadie.

En vez de preocuparme sobre mi comando, sobre las misiones de exploración, las estrategias de batalla, me senté como un tonto en la oscuridad, admirando su belleza. Conté sus respiraciones, resistiendo las ganas de despertarla y tomarla de nuevo, lentamente. Me imaginé besando sus labios, delineando su pie, memorizando cada una de sus curvas y depresiones, los lugares sensibles en su piel que la harían derretirse, o jadear, o correrse. Me senté solo en la oscuridad, preguntándome si mis compañeros tenían lo que necesitaban para estar cómodos, satisfechos, felices. Me preguntaba si sería suficiente para ellos. Quería ser suficiente.

Y yo nunca había necesitado ninguna maldita cosa. Jamás me metía en líos con nadie. Luchaba contra los ciborgs del Enjambre. Follaba por placer. Luchaba junto a mis guerreros para aplacar la furia que sentía en mi sangre, para defenderme del abismo de ira que amenazaba con ahogarme cada vez que hablaba con mi padre o veía a otro guerrero morir en el combate. Y a pesar de todo, todo esto se silenciaba cuando me encontraba dentro de Amanda, cuando la hacía correrse, cuando la llenaba con mi semen.

Al mirar a mis compañeros, algo salvaje y voraz se despertó dentro de mí, y me temía que ya nada sería capaz de calmarme.

Me sentía como un alienígena en mi propia piel, como un extraño con pensamientos y deseos que no reconocía y no podía controlar.

Estar taciturno en la oscuridad no era algo que disfrutaba, así que me levanté y limpié mi cuerpo en silencio en la unidad GM. Mientras me colocaba un uniforme limpio por encima de los hombros, sentí el peso del mando, la responsabilidad que se cernía sobre mí como ninguna otra cosa lo había hecho, de una manera completamente diferente de lo que había sentido con mi compañera. Esto era familiar, normal. Cómodo.

En cinco minutos, había llegado al puente de mando, mi mente se encontraba felizmente carente de anhelo, desespero, deseo y confusión mientras estudiaba detenidamente los informes exploradores y hablaba con mis mejores capitanes sobre las batallas inminentes. Notaron el collar alrededor de mi cuello, pero fueron prudentes de no mencionarlo. No cuando sabíamos que había asuntos más apremiantes que el hecho de que haya conseguido una compañera.

El Enjambre vendría. El hambre que sentían por conseguir más cuerpos para convertirlos, por obtener más material en bruto para sus Centros de Integración, era insaciable. Ellos consumían toda forma de vida. Ese era su medio de subsistencia. Y mi batallón estaba en las líneas de fuego, tan cerca del mando central del Enjambre que a menudo combatíamos en dos o tres batallas más que los otros sectores.

Antes, ese pensamiento siempre me llenaba de vanidad. Nos encontrábamos en uno de los sectores más antiguos y mortíferos de la guerra. Mi padre se había encargado de eso, las expectativas que tenía para su hijo eran la única cosa más grande que su orgullo por los guerreros del clan de Zakar. El batallón Zakar jamás se reubicaría, jamás daría la marcha atrás. Nuestro clan había luchado en este sitio por cientos de años.

—Comandante, el intercomunicador —dijo mi oficial de comunicaciones desde su posición en el panel de comunicaciones.

—¿Mi padre?

—Sí, señor.

Perfecto. Exactamente lo que no necesitaba ahora mismo.

—Transfiere la llamada al Eje.

El Eje era el apodo personal que tenía para la sala de reuniones de tamaño estándar que había en cada una de las naves. Este espacio privado estaba diseñado para celebrar reuniones con oficiales de alto rango en el que se discutían estrategias o negocios de la nave. Era el lugar en donde me reunía con mis capitanes, disciplinaba a mis guerreros y hacía planes de batalla.

Abandoné el puente de mando y caminé hacia la sala de reuniones. Algunos segundos después de que la puerta se hubo cerrado a mis espaldas, el rostro naranja oscuro de mi padre ocupó toda la pantalla cerca del muro. Había heredado sus ojos;

pero el resto de mí, como el tono dorado de mi piel, se debía a mi madre. Su color de piel se había pasado de generación en generación desde la antigüedad, y siempre me consideró menos que él por no tener su tono mucho más oscuro.

—Comandante.

Nunca me llamaba por mi nombre, solo por mi rango; como si no fuese su hijo, sino un soldado solamente.

—Leí el reporte más reciente.

—Sí, padre. El Enjambre ha sido eliminado de ese sistema solar.

—Y casi mueres.

Y aquí íbamos de nuevo…

—Estoy bien.

—Demonios, muchacho. Fuiste débil hoy. Una vergüenza. Te aconsejaría que pasaras algo más de tiempo en algún simulador básico de vuelo antes de que vuelvas a luchar junto a otra ala de combate. Puedes hacerlo mejor que eso. Eres un Zakar. No permitiré que las mujeres estén riéndose y piando sobre cómo fuiste expulsado de tu nave, flotando en el espacio como basura.

—Siento haberte decepcionado.

Su padre vociferó por varios minutos mientras describía, con todo lujo de detalles, las miradas compasivas y preguntas con preocupación que había tenido que soportar en el palacio del Prime aquella tarde. Me froté la nuca, haciendo mi mejor esfuerzo para ignorar esa bola de ira que se iba acumulando en mi estómago cada vez que debía mirar al hombre que me había engendrado.

—Que no suceda de nuevo. Eres un Zakar.

Ni siquiera se molestó en decir adiós, o en preguntar cómo me sentía. No le importaba. Esperaba que sobreviviera, que lo hiciera mejor, que estuviera a la altura del nombre de la familia.

Había escuchado sus sermones durante años. No habían logrado que mi pulso se acelerara o mi corazón doliera por bastante tiempo. No había permitido que mi padre perturbara mi equilibrio emocional desde que estaba en la academia. Pero esta noche me desplomé en la silla más cerca que encontré en la mesa de conferencias, y dejé caer mi cabeza sobre mis manos.

Odio. Furia. Ira. Vergüenza. Amor. Todo esto giraba y daba vueltas en mi pecho hasta que no pude respirar.

Conrav

AMANDA YACÍA EN MIS BRAZOS, su respiración era como una cálida caricia en mi pecho. Su cabeza estaba metida debajo de mi barbilla, y su cuerpo desnudo se apoyaba contra el mío mientras la sostenía.

Mi compañera.

La había estado esperando durante años, rogaba a los dioses que Grigg estuviera listo, algún día, para convocarla, para reclamarla.

Era un oficial superior. Podía solicitar a una novia propia, pero cada vez que consideraba esta opción, todo lo que podía ver era a Grigg perdido y sintiéndose totalmente solo. No era mi hermano de sangre, pero sí por elección. No podía abandonarlo en esto, así como él tampoco podía abandonar a algún guerrero herido en el campo de batalla.

La agonía que azotaba mi cuerpo pertenecía a él. La nueva conexión con nuestra compañera, los lazos emocionales de nuestros collares, transmitían el dolor de Grigg tan claramente como si estuviera de pie junto a mí, derrumbándose.

En cuestión de segundos, nuestra compañera también se despertó. El rápido movimiento que hizo para coger aliento y la mano que se dirigió a cubrir su propio corazón era la prueba de que ella también sentía este dolor. Nuestro vínculo era fuerte, mucho más fuerte de lo que hubiera creído después de haberla reclamado solamente una vez.

—¿Qué sucede? —su voz era un susurro, y se tensó, pero no se apartó de mis brazos—. Grigg.

—Sí, Grigg —suspiré, besando a nuestra compañera en la frente y soltándola a regañadientes para salir de la cama—. Si tuviera que adivinar, diría que acaba de hablar con su padre.

Se sentó en la cama, magníficamente desnuda y tan hermosa que no podía despegar mi vista de ella, incluso, cuando casi tropezaba al colocarme mi uniforme abandonado.

—¿Su padre?

Amanda tiro hacia arriba de la sábana para cubrirse los senos; su cabello oscuro caía despeinado sobre sus hombros. Incluso, el dolor de Grigg no era suficiente para impedir que mi pene se endureciera ante esa imagen.

—El general Zakar. Es parte del Consejo del Prime.

—Pero... —dijo, frotándose el pecho, como si realmente le doliese—. No lo comprendo.

Ya vestido, me devolví hacia la cama y me incliné para depositar un tierno beso sobre sus suaves labios rosas. Cielos, era tan exquisita, y era mía. Mía y de Grigg, y justo ahora, ese idiota me necesitaba.

—Sigue durmiendo, compañera. Yo me encargo de esto.

Ella me vio salir con algo de ira en sus ojos; su fuego me agradó. Iba a necesitarlo si quería sobrevivir a este proceso de reclamación entre nosotros. Grigg se había vuelto inestable, su necesidad de controlar me excitaba y espantaba al mismo tiempo. No tenía reparos en follar a nuestra compañera según las especificaciones de Grigg. El hecho de que me haya ordenado follarla y llenarla con mi semen —y antes que él— había sido una sorpresa, un honor tan grande que jamás me había imaginado un escenario en el que nuestro primer hijo realmente perteneciera a los dos. No tendríamos ningún modo de saber, ni hoy ni nunca, quien era el verdadero padre de nuestros hijos. El honor y la generosidad de aquel acto me había vuelto humilde, incluso, si el comportamiento dominante de Grigg hacia mí causaba una mezcla confusa de aceptación y desconcierto en mi mente.

Grigg siempre había sido temerario, impulsivo, arrogante y algo salvaje. Me encantaba todo eso sobre él. Habíamos tenido muchas aventuras juntos, había luchado junto a él en tantas batallas. Pero nunca había compartido su cama, jamás había compartido una mujer con él ni había sentido su necesidad de controlar. Él jamás había dirigido su férreo control hacia mí, y estaba asombrado de descubrir que me parecía... Estimulante. Diablos, nuestra compañera ciertamente lo disfrutaba, también.

Encontré a Grigg exactamente en donde imaginé que estaría. En el Eje, su verdadero santuario. Solo.

El imbécil siempre estaba solo.

No reparó en mí cuando entré a la sala. Una libreta de trabajo estaba sobre la mesa, cerrada e intacta. Me imaginé que estaba llena con cientos de reportes, peticiones e ítems que requerían su aprobación. Se sentó en la mesa redonda, sin mirar ninguno de estos documentos. Su mirada era fría y vacía mientras contemplaba el monitor que mostraba el vacío del espacio que estaba fuera de nuestra nave. Si no pudiese sentir el dolor y la ira que circulaban en mi collar, podría haber creído su apariencia. Se había vuelto muy bueno ocultando su verdadero yo.

—¿Imagino que tu padre se comportó como el simpático hombre que es? —me senté en el puesto que estaba a la derecha de Grigg y esperé—. ¿Cómo está hoy?

El silencio se extendió por varios minutos, pero no lo presioné. Solo subí mis pies sobre la mesa, coloqué mis manos detrás de mi cabeza, y esperé el estallido.

—Baja tus puñeteros pies de mi mesa.

—Así de bien, ¿eh?

—Rav.

—Déjame adivinar. Se echó a llorar, tan preocupado por tu bienestar que ni siquiera podía hablar sin ser interrumpido por sus sollozos.

Grigg bufó.

—Eres un imbécil.

Me estiré, sintiéndome exhausto y animado por el tiempo que pasamos junto a Amanda. Luego de lo que le habíamos hecho, me sorprendía lo rápido que había vuelto a ser como era antes. Quizás si conseguía calmar a Grigg, podríamos volver a nuestra habitación y retirar la sábana de su cuerpo suave y cálido, y...

—Deja de pensar en nuestra compañera. Estás arruinando mi enojo.

—Entonces, tu padre. Déjame adivinar. Tu roce con la muerte arruinó el nombre Zakar y las mujeres en el palacio están adulándolo, llenas de preocupación por el infame comandante Zakar.

—En resumen.

—¿Le contaste sobre nuestra compañera?

—No.

—¿Qué? ¿No notó el collar?

Grigg sacudió la cabeza.

—Solo ve lo que quiere ver. El resto...

—Así que no le contaste. ¿Por qué no? Quizás las mujeres lo dejarían en paz si supieran que no tienen ninguna oportunidad de estar contigo.

—Nunca tuvieron ninguna oportunidad.

—Pero ellas no sabían eso. Estoy seguro de que eres el número uno en tantas listas de los compañeros potenciales que hacen las madres para sus hijas que prácticamente eres un nombre conocido en Prime.

Su silencio se alargó y lo dejé así, dándole tiempo para que procesara lo que le acababa de decir. Era un guerrero brillante, pero cuando se trataba de política, o de mujeres, tenía tanta delicadeza como su padre. Era un hecho que nunca le revelaría.

—No voy a contarle sobre ella.

Fruncí el ceño.

—¿Por qué no?

Finalmente me miró, y me sentí aliviado, pues la tensión que se acumulaba en nuestro vínculo se estaba disipando.

—Me gusta la idea de que sufra por sus atenciones. Quizás jamás le diga.

—Bien. No me importa el imbécil de tu padre. Me importa Amanda. ¿Qué vamos a hacer con ella?

Eso llamó su atención.

—¿A qué te refieres?

—¿No lo sentiste cuando terminamos de hacerlo con ella?

—¿Sentir el qué?

—Su sentimiento de culpabilidad.

Grigg negó con la cabeza y su mirada volvió a posarse sobre la imagen del grupo solar en su monitor.

—No. Lo siento. Estaba…

—¿Sintiéndote como un demente y extraño por tus sentimientos por mí?

9

—Demonios, Rav. ¿Por qué haces eso?

Los labios de Grigg se fruncieron en una delgada línea, y se negó a mirarme. Nunca había visto a Grigg tan avergonzado, ni una sola vez durante todos los años que lo había conocido.

Extendí mi mano, colocándola sobre su hombro con fuerza. Le di un apretón cuando intentó apartarme. Esto era algo de lo que debíamos hablar. Si queríamos que nuestra unión con Amanda funcionara, debíamos solucionar esto.

—Mira, no me importa. No quiero follarte, Grigg. Pero si permitir que actúes como un imbécil mandón en la cama pone a Amanda tan caliente cada vez que estamos juntos, entonces estoy a tus órdenes. Estaba tan mojada, tan desesperada por tenernos, que ni siquiera podía pensar bien. Le encantó.

—Lo sé.

—¿Y sobre el resto?

Me miró, y supe que ya había enterrado todas sus emociones tan profundamente que tendría que arrastrarlas hasta la superficie.

—Mira, Grigg, sentí todo. Estos malditos collares no dejan

que ocultemos nada. Estabas marcando tu territorio, y no solo en lo que respecta a Amanda.

—Lo siento. No sé de dónde salió eso.

Grigg lucía tan perdido, tan similar a un pez fuera del agua, que le creí. Lo cual era jodidamente triste y una prueba más de cómo su imbécil e insensible excusa de padre lo había arruinado.

—Es normal, Grigg. Se llama amor. Preocupación. Afecto. Eres mi primo, y te amo. Moriría por ti, mataría para protegerte. Es muy normal que sientas lo mismo. Esto solo nos hace una familia. Y todos esos sentimientos ahora los recibe nuestra compañera. Yo los siento, también.

—Nunca había sentido algo como esto.

—Los collares —murmuré—. Lo sé. Pero *ahora* lo sabes.

—¿Saber qué?

—Lo que se siente tener una familia.

Grigg frotó su pecho, y sentí la punzada de las emociones que lo hacían trizas. Él no tenía idea de qué hacer con todos esos sentimientos, así que lo ayudé distrayéndolo un poco.

—Bueno. Sobre nuestra compañera. Creo que tenemos un problema.

—¿La culpa?

—Sí. Está escondiendo algo. Esos collares lo detectan todo. Incluso eso.

Grigg frunció el ceño, su mente estaba ahora determinada a resolver un problema real, algo a lo que podía hacerle frente de manera mucho más eficiente que sus emociones poco familiares.

—¿Qué sospechas tienes?

Detestaba decirlo, pero cuando me enteré de que nuestra compañera venía de un nuevo miembro de la Coalición Interestelar, empecé a investigar.

—Busqué información sobre su planeta, leí cada reporte sobre la Tierra.

—¿Y?

—Los suyos son primitivos, aún libran guerras por recursos y tierra. En muchas partes de su mundo, todavía se les niegan derechos básicos y educación a las mujeres. Se les trata como a

Dominada por sus compañeros

esclavas sin honor o poder alguno por sí mismas. Permiten que las personas pobres mueran de hambre en las calles. Se matan el uno a otro por su color de piel y creencias religiosas. Son bárbaros.

—Ella ya no es una terrícola. Es una ciudadana de Prillon Prime. Ahora nos pertenece.

—Sí, oficialmente.

—¿Pero?

—Dos hombres estaban junto a ella en el centro de procesamiento. Dijo que eran su familia, mintiéndole a la guardiana, pero no estaban emparentados con ella. Sintiendo sospechas, la guardiana revisó la grabación de su conversación.

—¿Y quiénes eran?

—Espías. Aparentemente, Amanda es una espía de su gobierno.

Los ojos de Grigg se abrieron como platos.

—¿Amanda, una espía?

Asentí.

—Sí. Es la primera novia. Tiene sentido que usen el programa a su favor. Supongo que la enviaron hasta aquí para que enviara información a la Tierra y robara la tecnología avanzada que la Coalición les negó.

—Ya veo.

Podía sentir, literalmente, cómo su mente maquinaba, calculando probabilidades y formulando un plan.

—¿Y cómo sabes todo esto? ¿La información sobre nuestra compañera es confiable?

—Completamente. Le pregunté a la guardiana principal de la Tierra, la señora Egara, que investigara algo más sobre su pasado.

Grigg se inclinó hacia adelante.

—Pensé que la Tierra se acababa de enterar de la existencia de la Coalición. Y conozco a la guardiana Egara. ¿Qué hace su compañera, una ciudadana de Prillon, en la Tierra?

La respuesta a esa pregunta era, sin lugar a dudas, triste.

—Perdimos a los dos compañeros de la señora Egara durante una emboscada del Enjambre hace algunos años.

—Qué los dioses tengan piedad —Grigg frunció el ceño, y sentí su tristeza ante la noticia—. ¿No tuvieron hijos?

—No. Y se negó a tener otros compañeros. Se la llevaron de la Tierra años antes de que se hiciera un contacto oficial con el planeta. No conozco los detalles, pero luego de la muerte de sus compañeros, se ofreció para servir en la Tierra como líder del programa de procesamiento de novias de allí. En cualquier caso, su lealtad está con la Coalición. Confío en su información.

Grigg se puso en pie para caminar de un lado a otro, y yo lo observaba, dispuesto a dejar que decidiese un plan de acción. Me entrenaron para sanar a otros, no para afrontar el subterfugio ni la batalla. Y sabía a ciencia cierta que la batalla por el corazón y lealtad de nuestra compañera apenas había comenzado.

Con los brazos cruzados, Grigg se volvió hacia mí.

—¿Deseas renunciar a ella? ¿Quieres pedir otra compañera?

—No. La asignaron a nosotros. Hicieron pruebas. Fueron noventa y cinco por ciento exactas. Ni la guardiana Egara ni yo dudamos que sea ideal para nosotros. Es nuestra ahora, sin importar si se da cuenta de eso o si no lo hace. Sin importar que su lealtad esté con su gobierno o con nosotros, sus compañeros.

—Estoy de acuerdo —Grigg reanudó la pequeña caminata de aquí hacia allá—. Eso explicaría el afán que tenía la Tierra por enviar a su primer grupo de guerreros al combate contra el Enjambre.

Eso me sorprendió.

—¿Tienen afán por enviar a sus guerreros?

—Sí. Están impacientes. Ni siquiera quisieron permitir que sus soldados completaran los protocolos de entrenamiento —negó con la cabeza—. Lo cual es estúpido, una misión suicida. El informe de su general afirma que estos hombres son parte de algo que llaman *Fuerzas Especiales*, y no necesitarán formación exhaustiva. Son los guerreros elite de la Tierra.

Sonreí ante la expresión de Grigg. A jugar.

—Así que, ¿qué piensas hacer?

—Dejar que vengan hasta aquí y utilizar a nuestra preciosa compañera para que nos dirija a los traidores que están entre ellos. Desde luego, no habrán enviado solo a un espía.

—¿Y después?

La sola idea me ponía nervioso. Sabía que Grigg jamás tocaría ningún cabello de nuestra compañera, pero no estaba tan seguro sobre los soldados que vendrían de la Tierra.

—Matar a los traidores y azotarla hasta que sus nalgas estén al rojo vivo. La asignaron a nosotros. Tal como dijiste, no hay lugar a dudas de que es nuestra. Vamos a follarla y rellenarla hasta que sepa exactamente a quiénes le pertenece; y no es a sus líderes tribales de la Tierra. No pueden follarla ni amarla como nosotros.

—No. Podrá ser su espía, pero nos pertenece.

Amanda

Me despertó el sonido de un extraño pitido. Solo se escuchó una vez, así que lo ignoré, dándome la vuelta. Estaba acostumbrada a dormir todo el tiempo en sitios nuevos por el trabajo, así que desperté sabiendo exactamente en dónde me encontraba. El espacio. También ayudaba que mi vagina y trasero estuvieran bastante adoloridos, y jamás podía olvidar lo que Grigg y Rav me habían hecho. Me habían quitado el tapón luego de que Grigg me follara, mientras ambos me llenaban y saciaban, y entonces me había quedado dormida en medio de los dos.

De nuevo el pitido. Levantando mi cabeza, miré alrededor de la habitación. Estaba sola, la cama se sentía fría a mi lado izquierdo y derecho. No había despertado cuando los hombres se fueron, así que, o bien fueron sigilosamente silenciosos, o había muerto para el mundo.

¡Bip!

Tomando la sábana y envolviéndola alrededor de mí, me dirigí hacia la sala de estar, notando por primera vez la pequeña mesa con tres sillas, el enorme sofá colocado sobre el piso, las paredes desoladas y el vacío funcional de las simples paredes marrones. Todo tenía pinta de ser un apartamento de soltero, y me pregunté qué tipo de decoración podría encontrar para hacer que luciera más como un hogar y menos como una sala de hospital.

Sin embargo, la habitación estaba vacía.

¡Bip!

El ruido provenía de la puerta. Parecía ser un timbre extraterrestre. Caminé hacia ella, pero no había ningún pomo. Quizás se activaba con el movimiento, pues cuando estuve a menos de un metro de distancia, se abrió de par en par.

Allí estaba una mujer, sonriéndome. Estaba vestida con un uniforme similar al que había usado Rav el día anterior. Su camisa era verde, y la de ella, un color durazno pálido. Pero no era humana. Su cabello, corto hasta los hombros, estaba recogido en una trenza, pero eso no ocultaba el color naranja oscuro de sus mechones. Se cernía sobre mí en la entrada, era casi medio metro más alta que yo. Sus ojos, aunque amables, eran del color dorado al que me estaba acostumbrando, y su piel era de un tono similar al de Grigg. Sin embargo, su voz sonaba perfectamente normal.

—¿Eres la compañera del comandante? ¿Señorita Zakar?

Su voz era suave y amable. Aun así, tenía la postura de un soldado, de una mujer que no se arrodillaba ante nadie.

Apretando firmemente la sábana, me ruboricé, pues no podía ni imaginar lo que pensaría sobre mí. Sentí que caminaba en el sendero de la vergüenza, pero no tenía ningún sitio al cual escapar.

—Sí —respondí—. Yo... esto, me llamo Amanda.

Dos soldados entraron en el vestíbulo; la mujer lanzó una mirada hacia ellos mientras yo retrocedía detrás del umbral. Luego enfocó su atención en mí nuevamente.

—Soy la señorita Myntar, pero puedes llamarme Mara. Tus compañeros me han enviado. ¿Podría pasar?

Oyendo las voces de los soldados acercándose, asentí y di un paso atrás, pues no quería que me vieran así, desnuda, usada, y vistiendo solo una sábana.

Entró, y la puerta se cerró detrás de ella. Respiré aliviada.

—Como dije, tus compañeros me han enviado, ya que no podrían estar aquí para cuando te despertaras.

Eso era considerado de su parte.

—Estoy a cargo de la integración social entre familias, y tengo compañeros propios. Uno de ellos, mi Drake, trabaja con el comandante Zakar. Eres una mujer afortunada por encontrar a un compañero tan ejemplar y a un segundo al que se le tiene un gran respeto —se inclinó hacia adelante y habló en voz baja—. Pero no dejes que mis compañeros sepan que he dicho tal cosa.

Sonreí, pues era bastante amable, y no me había dado cuenta de que necesitaba... a alguien. Alguien que no tuviera planes de desnudarme y follarme. Al menos por el momento. Necesitaba la tranquilidad de saber que estar en una nave de Prillon era más que solo estar unida a dos guerreros. Aunque había disfrutado lo que me habían hecho anoche, y mi cuerpo los deseaba —su semen aún atiborraba mi vagina—, yo era más que solo una compañera. Si tuviera que quedarme dentro de esa mínima habitación y mirar las paredes durante días, enloquecería por completo.

—Estoy aquí para ayudarte con tu ropa y comida, para empezar. Y si necesitas cualquier otra cosa, házmelo saber. Te ayudaré a encontrar un trabajo que disfrutes. Amigos. Algo para ocupar tu tiempo mientras tus compañeros estén atareados. Imagino que esto debe ser distinto a como es en la Tierra.

Aún no tenía idea de la manera en la que sería distinto, pero me aferré a la sábana.

—Cualquier cosa será mejor que esta sábana. Gracias. Pero primero me encantaría darme una ducha.

Sonrió.

—Por supuesto.

Mara pasó la siguiente hora mostrándome cómo funcionaba la unidad de baño. Había una ducha y una bañera, aunque me dijo que eran solo por placer y no estrictamente necesarias. Me mostró el Gen-S, cuyas luces verdes escaneaban mi cuerpo y creaban nueva ropa para usar. La sala de estar era totalmente diferente que las de la Tierra, pues no había ni cocina ni armarios. La seguí sin pensarlo, con una curiosidad típica de los niños más pequeños. Varios compartimentos estaban ocultos dentro de las paredes, y me adelanté a encontrar y abrirlos todos como si fuera una caza del tesoro. Me sentí como una niña emocionada que iba de la mano de alguien, y estaba agradecida por eso. Se lo hice saber.

—No hay de qué. Te llevaré a la cafetería. Luego de eso, ya deberías estar lista con todo. ¡Ah! —se giró sobre sus talones y me miró—. Tu caja de emparejamiento. Por lo que sé, no la habéis tomado en la unidad médica.

—¿Caja de emparejamiento?

Agitó su mano en el aire.

—Es una caja de productos para las nuevas compañeras. Iremos a recoger una en la cafetería. ¿Te gustaría ver la nave antes de que comamos?

La idea de ver algo, además de los cuarteles de Grigg, era atractiva, e ignoré el rugido de mi estómago. Tenía hambre, pero no podía esperar. No solo saciaría mi curiosidad, sino que también me permitiría investigar y estudiar la nave para que pudiese informar a la Tierra al respecto.

—Sí, por favor.

Ya vestida con un uniforme de color azul marino, con pantalones oscuros y una túnica similar, me peiné el cabello con las manos y lo dejé caer sobre mis hombros, como una maraña salvaje, mientras seguía a Mara con entusiasmo a lo largo del vestíbulo. No había mucho que ver, solo era un simple vestíbulo naranja. Las paredes cambiaron su color naranja a uno verde, y luego a uno azul, a medida que caminábamos a lo largo de la nave. Mara me explicó que los tonos naranja o crema indicaban que estábamos en áreas de civiles o familias; el color verde era de los médicos; el azul, ingeniería; y el rojo, del comando y estaciones de batalla. La nave tenía un código de colores, así como los uniformes. El gris era del personal de soporte general, y el color de la insignia que portaban en sus pechos indicaba en cuál área de la nave estaban prestando servicio. Los oficiales de alto rango, como los doctores e ingenieros, usaban uniformes acordes a la sección de su nave. Lo cual explicaba el uniforme verde oscuro que vestía Rav.

Los guerreros, como mi Grigg, usaban una intrigante armadura camuflada de color negro y café oscuro la cual, Mara insistía, era prácticamente indestructible; y explicaba lo siguiente:

—El comandante la ha puesto a prueba muy a menudo.

No me gustaba cómo sonaba eso.

Pasamos al lado de muchas personas que asentían con la cabeza respetuosamente. Al principio, pensaba que era la manera en la que saludaban, pero parecía que solo lo estuvieran haciendo por mí, no por Mara.

—¿Por qué están asintiendo? Ni siquiera me conocen aún.

—Saben que eres la compañera del comandante, nuestra señorita Zakar. Tenemos muchos años esperando tu llegada.

Fruncí el ceño cuando cruzamos en una esquina.

—¿Cómo saben que soy yo?

Mara apuntó hacia mi cuello.

—Tu collar. Tu atuendo. Tu apariencia extranjera. El comandante insistió en que usaras el color de la familia Zakar. El color de cada grupo de compañeros es diferente. Mira —apuntó a su propio cuello—, el linaje familiar de mi compañero, el clan guerrero Myntar, es representado por el color naranja oscuro.

—Me siento honrada, aunque confundida. ¿Por qué esperarían mi llegada?

Mara paró, y se volvió hacia mí.

—La compañera del comandante tiene gran poder e influencia. En cuanto a los asuntos de los civiles, todas las personas que están a bordo deben seguir tus órdenes. Tanto los guerreros como los civiles. Nadie, excepto el propio comandante, podrá darte órdenes; y todos los que estamos a bordo moriríamos para protegerte. Eres como una princesa ahora, o una reina. Nuestra reina.

¿Qué demonios? No podía contener la estupefacción ni los nervios que se escapaban de mi voz.

—¿Por qué? ¿Qué se supone que debo hacer? ¿Por qué un guerrero seguiría mis órdenes? ¿Debo ir al combate?

—Oh, no, querida —me dio una palmada en el brazo, y luego apartó la mano—. No. Sin embargo, si realmente quisieras ir, y pudieras convencer a tus compañeros de que lo permitiesen, entonces podrías. No. Yo te ayudaré a conseguir un empleo que encaje contigo. Como la señorita de más alto rango en la nave antes de tu llegada, he estado a cargo de los asuntos civiles en el espacio. Los guerreros están ocupados luchando, y esperan que el personal que no participa en el combate se encargue del resto.

Rayos.

—¿De qué cosas?

—De las adopciones, uniones, sustento, socialización, la comunidad, la educación...

Levanté mi mano, interrumpiéndola.

—¿Así que ellos luchan y nosotros nos encargamos del resto?

—Exactamente —sonrió—. Y me encantaría poder contar con tu ayuda, si estás interesada.

—¿Pero cómo sabes que no haré un lío con todo? No sé nada sobre vuestras naves, o vuestro estilo de vida. Ni siquiera sabía que una nave espacial existía fuera de las películas, sino hasta hace muy poco.

La sonrisa de Mara estaba llena de seguridad, y no pude evitar el rubor que sus palabras encendieron en mi rostro.

—Has sido asignada a él. Eres perfecta para él, lo cual significa que también eres perfecta para nosotros. Los protocolos no habrían emparejado a nuestro comandante con una mujer que no pudiese encargarse ni de él ni de sus propias responsabilidades.

Aturdida, mi boca se abría y cerraba sola, lo cual la hizo reír.

—Mi compañero es el capitán Myntar, el tercer oficial de mayor rango en el batallón Zakar. Y puesto que ni el comandante ni el capitán Trist tenían compañeras, entonces he estado dirigiendo todo por mi propia cuenta. Y, aquí entre nos, *realmente* me hace falta algo de ayuda.

Sentí un hormigueo de emoción recorrer mi cuerpo ante la posibilidad de tener algo importante que hacer. Debería haberme sentido emocionada por las oportunidades que tendría para recopilar información con mi nuevo cargo; pero, para ser honesta, se sentía bien ser productiva. Me encantaba la idea de poder contribuir en algo, construir algo en vez de destruirlo.

—¿Por cuánto tiempo has tenido compañeros? —pregunté.

—Por cinco años. Tenemos un hijo —su rostro se iluminó—. ¿Te gustaría verlo?

—Oh, pues... claro.

—Bien, porque lo acabo de llevar a la escuela; solo tiene tres años, así que es más para jugar. Pero siempre me gusta ir a echarle un vistazo y ver cómo se divierte.

Giramos en un par de esquinas más, y el color de las paredes cambió de nuevo a un marrón suave y arenoso. Mara se detuvo frente a una puerta durante un tiempo hasta que esta se abrió, y entonces entré detrás de ella. Estábamos en un área de espera, y una mujer con piel extrañamente azulada estaba sentada detrás de un escritorio. Su cabello era tan negro como sus ojos, pero sus facciones eran deslumbrantes, tan hermosas como una modelo de revista.

—Señorita Myntar —dijo la mujer.

—Hola, Nealy. Esta es la señorita Zakar...

La mujer se puso en pie y asintió.

—La compañera del comandante. Bienvenida.

Dirigí una sonrisa hacia la joven mujer.

—Gracias. Y puedes llamarme Amanda.

Mara estaba radiante, prácticamente.

—Solo quería echarle un vistazo a Lan. No molestaré.

Nealy asintió y nos dirigimos hacia una de las ventanas que mostraba el interior de las habitaciones adyacentes. Había muchos niños de edades diferentes jugando en cada una de las habitaciones; también había adultos jugando, algunos los ayudaban coloreando o lanzándoles un balón.

—Allá.

Mara apuntó a un pequeño niño que tenía la misma piel dorada y cabello color óxido de su madre. Estaba ocupado apilando cubos con una niña pequeña de cabello rubio, similar al de mi Rav. La escena parecía sacada de cualquier preescolar de nuestro planeta.

—Es adorable.

Mara sonrió, claramente embelesada por su hijo.

—Sí. Es tan fuerte. Y ya es tan protector. Ayer golpeó a otro niño por haber tirado del cabello de la pequeña Aleandra. Sus padres estaban tan orgullosos.

Bien, entonces fomentaban las peleas.

No, animaban a sus pequeños para que protegieran a las niñas. No podía decir que estaba en desacuerdo con eso.

Observamos por un par de minutos más, disfrutando la simple alegría en sus rostros, su inocente deleite por las cosas más básicas. Me di cuenta de que estos niños eran como cualquier otro niño o niña de la Tierra. No tenían ninguna diferencia. Uno le robó un juguete al otro; otro se había quedado dormido sobre una manta sosteniendo un libro. Otro se sentó en el regazo de una de las maestras con lágrimas en los ojos. La maestra estaba agitando una vara resplandeciente sobre su rodilla magullada.

Apunté a la vara.

—¿Qué es eso?

—¿La vara ReGen?

—La cosa que tiene la maestra en las manos.

—Sí. Es una vara sanadora.

En cuestión de segundos, la rodilla del niño había sido completamente sanada, sin ningún indicio de que hubiera existido una raspadura. Dejó de llorar y sonrió.

—Nunca había visto una antes —comenté.

—Deberíamos irnos antes de que Lan me vea.

Nos fuimos de la pequeña escuela y regresamos a los corredores.

—Encontrarás una vara ReGen en todas las áreas comunitarias. También en las áreas de trabajo. Curan heridas leves, pero si realmente estás herido, puedes ir a las estaciones médicas, allí es donde tienen las cápsulas ReGen.

—¿También curan cosas rápidamente, como la rodilla de ese niño?

—Sí. En realidad, se llaman Unidades de Regeneración en Inmersión, pero las llamamos cápsulas.

Vaya. Tuve imágenes mentales de una cápsula estilo ataúd, sacada de una película de ciencia ficción. ¿Recostarse en una cápsula, esperar algunos minutos y, luego, estar completamente sano? Sería algo muy útil para la Tierra.

¿Y la vara ReGen? Era portátil, fácil de usar, rápida. Podría cambiar la cara de la medicina en la Tierra, pero no sabíamos de su existencia. Tenía que recordar ir a buscar la vara que Mara había dicho que estaría en el área comunitaria. Si todo lo demás fallaba, tendría que tragarme el amargo disgusto y robar la vara ReGen del preescolar. Seguramente, la reemplazarían de inmediato. Seguramente, tendrían miles de esas cosas.

Acompañé a Mara a un área de comedor grande, estilo cafetería, que estaba prácticamente vacía. Me mostró cómo pedir comida de la unidad Gen-S y dijo que también podía ordenar comida para mi habitación, pero que comer sola estaba muy mal visto en la sociedad de Prillon; los guerreros y sus compañeras lo tomarían como un menosprecio si no me unía a ellos en las áreas comunes; especialmente yo, la compañera del comandante. *Su* señorita Zakar.

Fantástico. ¿Ahora tenía responsabilidades de princesa más política y apariciones públicas? Eso era más de lo que esperaba. Mucho, mucho más.

La comida era extraña, como unos tallarines crujientes que sabían a una mezcla entre cáscaras de naranja y duraznos. Había una extraña fruta púrpura que tenía la forma de una manzana, pero sabía a cerezos ácidos, como los que usaba mi abuela para hacer tartas.

Hice mi mejor esfuerzo. Realmente lo hice. Pero el disgusto se debió haber reflejado en mi rostro. Mara se rio.

—Sabes, puedes pedirle al comandante que solicite que nuestros programadores incluyan algunos platos de la Tierra.

—¿Puedo pedirle eso?

Gracias a Dios. Podría sobrevivir comiendo esto solamente, pero no ganaría ningún primer lugar en la feria gastronómica del condado. Ciertamente ayudaría a mantener la forma de mi cintura.

—Sí. Entrégale una lista. Una vez que la haya aprobado, la enviaremos a los equipos de programación de Prillon Prime. Solicitarán los platos de la Tierra, analizarán el contenido, y los programarán en la unidad Gen-S para ti.

—¡Gracias! Eso sería maravilloso.

Quería abrazarla. De verdad.

—Debemos irnos ahora.

Asentí. Pasó casi todo el día mostrándome la nave y presentándome ante cada persona que nos encontrábamos. No me importaba sonreír, asentir y, en general, hacer lo mejor que pudiese para ser una persona amigable; pero hasta yo tenía mi límite, y este había sido puesto a prueba durante los últimos dos días. Estaba lista para tener algo de paz y descanso. Necesitaba tiempo para pensar, para decidir qué haría.

La seguí a la salida de la cafetería, y pasamos por una serie de corredores hasta que llegamos a un extraño mostrador. Mara caminó hacia él; la mujer que estaba detrás del mostrador me recordaba a una farmacéutica en una farmacia o, incluso, a una vendedora de entradas del cine. No estaba exactamente segura de cuál podría ser el rol de la mujer.

—Un PPA, por favor —solicitó Mara.

La mujer de Prillon me lanzó una mirada fugaz, asintió, y luego se dirigió hacia una pequeña habitación a sus espaldas para conseguir lo que se le había pedido. Se la entregó a Mara, quien a su vez me la entregó a mí.

—¿Qué es esto? ¿Qué es un PPA?

Tomé la caja, la cual era del tamaño de una caja de zapatos, y la coloqué bajo mi brazo.

—PPA son las iniciales de Paquete de Preparación Anal. Este no es su nombre oficial, es solo como nosotras, las mujeres, lo llamamos.

10

—¿Qué?

Que *no* haya dicho lo que creo que había dicho.

Mara echó a andar por el corredor esperando, claramente, que la siguiera.

—Debo ir a trabajar, así que te llevaré de nuevo a los cuarteles de tu familia. El doctor Zakar aseguró que alguno de ellos regresaría contigo pronto. No quiero que se preocupen, en caso de que ya hayan vuelto.

En realidad, ninguno de los dos había vuelto. Sola y sintiendo curiosidad por su contenido, abrí la caja.

PPA. Paquete de... ¿En serio?

Dentro de la caja, había más de una docena de herramientas con formas extrañas, extremos protuberantes, centros retorcidos y herramientas con extremos abiertos que lucían mucho más como una llave inglesa, o como algo que se utilizaría para reparar un coche. Sacudiendo mi cabeza, pasé la yema de mi dedo por la larga superficie desigual de un objeto metálico sumamente extraño que parecía estar brillando.

No tenía idea para qué se utilizaban ninguno de estos

objetos, y ninguno de ellos parecían ser utilizados en la... esto... la zona anal. Suponía que Robert querría por lo menos uno de estos objetos, como la vara ReGen. La agencia quería tecnología, y aquí había una caja repleta de ella. Sin importar para qué se utilizara, estaba segura de que los científicos de la agencia podrían aplicar ingeniería inversa y hacer algo útil con esto. Y también estaba la herramienta sanadora. Tenía que hacerme con una de ellas y descubrir la manera de enviarlas a la Tierra.

Escudriñé los otros objetos y conseguí uno que lucía inusual. Sacándolo de la caja, jugueteé con él, preguntándome que sería. Era una barra como de quince centímetros, con dos círculos en los extremos. Estaba hecha de metal ligero y era bastante básica, lucía como una llave de tubo con dos extremos. ¡Qué extraño!

Deambulé por nuestros cuarteles sosteniendo el extraño objeto, jugueteando con los extremos e intentando descubrir para qué serviría. Estaba cerca del sofá cuando escuché que la puerta se abría de par en par, y Grigg me llamó.

—Amanda. ¿Ya estás de vuelta?

Temiendo ser pillada con la rareza en mis manos, me arrodillé rápidamente para esconderla debajo del almohadón azul oscuro.

—¡Compañera!

Su grave voz hizo que mi corazón diese un vuelco y que mi vagina lo deseara. Me di la vuelta para verlo a la cara; estaba de pie a pocos pasos de distancia, con las manos alrededor de su cadera. Había sido pillada con mi mano bajo las almohadillas y mi trasero al aire. Sabía que mi rostro se había ruborizado, y el calor que sentía en el rostro empeoró cuando alzó una de sus oscuras cejas.

—Siento haberte dejado sola. Parece que Mara se ha ocupado de ti.

Hizo que la distancia entre nosotros desapareciera, y susurró:

—Me encanta cómo le sienta el color azul oscuro de los Zakar a tu redondeado culo. Aunque me parece que me gustas mucho más cuando solo estás vestida con una sábana.

Sentí calor por sus melosas palabras, por el deseo que

desprendía su tono. Solo oír su voz, tenerlo en la misma habitación, era excitante.

—¿Qué escondes? —me preguntó, apuntando al sofá.

No tenía otra opción más que sacar el objeto que estaba bajo las almohadillas y mantenerlo en alto.

—Realmente no lo sé —respondí, con honestidad.

A pesar de que esconderlo podría resultar extraño, no tenía que mentir sobre nada. De pie, apunté a la caja.

—Retiramos una caja de emparejamiento, pero no he descubierto aún para qué se usan estos objetos.

Grigg colocó sus dedos sobre el borde de la caja y lo deslizó sobre la mesa, viendo su contenido.

—Sí, conozco la caja. Pero dime, compañera, ¿por qué estabas escondiendo ese objeto en específico?

—Yo... yo...

Yo podía engañar excelentemente para salir de cualquier situación. Podía inventar cosas sobre la marcha sea aquí o allá. Pero ahora...

—No lo sé.

Grigg soltó un bufido evasivo por toda respuesta.

—Compañera, debes tener en cuenta que los collares que compartimos también nos permiten reconocer emociones. Por ejemplo, debiste haber percibido que estaba extremadamente excitado cuando entré a la habitación. La necesidad que siento por ti probablemente ha intensificado tu propio deseo.

Eso tenía sentido, porque lo había deseado desde el momento en el que cruzó el umbral. En realidad, aún lo deseaba.

—También hace que percibamos otras emociones, como el nerviosismo —tomó el objeto de mis manos, dándole la vuelta con sus grandes manos—. O las mentiras.

Tragué en seco. Maldita tecnología. ¿Cómo se suponía que podría ser una espía cuando cada uno de mis pensamientos y sentimientos eran desenmascarados?

—Realmente no sé qué es eso.

Tomó la caja y sacó un objeto mucho más pequeño.

—Le pedí a Mara que se encargara de que recibieras tu caja.

En nuestro apuro olvidamos tomar una en la estación médica luego de tu examinación.

Me ruboricé ante el recuerdo de esa examinación.

—¿Qué son todas esas cosas? —pregunté.

Abrió la tapa, me mostró un nivel que aún no había visto, y sacó lo que reconocía como un tapón anal.

No dije nada, mi centro de placer se calentó, mi vagina y mi trasero palpitaron. De repente, las iniciales PPA tuvieron mucho más sentido. Seguramente no todo lo que estaba en esta caja era...

Grigg sonrió.

—A todas las nuevas compañeras se les da un set de preparación. No podemos estar completamente conectados hasta que Rav y yo te reclamemos y follemos juntos.

—Ah —respondí, imaginando cómo estaría entre los dos, cómo sus miembros me invadirían del todo.

Justo como en mi sueño. Maldito sea mi cuerpo desenfrenado, pero todo partía desde ese sueño. Dos hombres. Los dos me follaban, me rellenaban, me hacían suya.

—Aparentemente, Mara sintió que no solo necesitábamos la caja de tapones básicos, sino objetos mucho más complejos.

Apunté la barra de metal y fruncí el ceño.

—¿Es un juguete sexual? —pregunté.

—Un *juguete* sexual —Grigg asintió—. Me gusta ese término, porque esto definitivamente es un juguete. Uno con el que me muero por jugar.

¿Yo? Lo estaba dudando, ya que parecía más una llave inglesa de dos cabezas que un juguete.

—Estabas tratando de ocultar un juguete sexual en el sofá. De nuevo, dime, ¿por qué?

Demonios. Mordí mi labio y lo observé.

—Yo... no lo sé. Fue algo tonto.

Lo tomó de mis manos, pensativo.

—Sí, dijiste eso. Y yo te dije que sabía que mentías.

Bueno, no funcionó ni la primera ni la segunda vez. Rayos.

—¿Lo ocultaste porque no querías que lo usara contigo?

Asentí, quizás mucho más enfáticamente de lo que era necesario.

—Pero no sabes qué es. ¿Cómo puedes decir que no te gustará?

Me encogí de hombros, pues no tenía ninguna respuesta para eso.

—¿Y si te dijese que te gustará? ¿Que jamás usaría algo que no disfrutaras? ¿Confiarías en mí lo suficiente como para dejar que lo use contigo?

Sus ojos eran tan oscuros, tan serios; y, aun así, su voz era tan suave y gentil. Me estaba persuadiendo, porque sentía que quería usar ese juguete. Conmigo. Justo ahora.

—¿No dolerá? —pregunté, posando mi mirada sobre el extraño objeto.

—Será un dolor placentero.

Cuando di un paso atrás y me mostré escéptica, añadió:

—Confía en mí.

Relamí mis labios y lo miré. Lo miré *de verdad*. ¿Confiaba en él?

—Si aún no confías en mí, confía en nuestra unión. Confía en que sé lo que te gusta, lo que quieres. Lo que *necesitas*.

—¿Y necesito eso? —apunté al juguete misterioso.

—Pues descubrámoslo. Quítate la camisa.

Eché un vistazo al pequeño objeto metálico que tenía en las manos, y luego al propio Grigg. Estaba de pie, pacientemente, esperando con calma a que decidiera qué tan atrevida estaba dispuesta a ser.

—Quieres que me quite la camisa.

—Te quiero desnuda y rogando, pero la camisa es un buen comienzo.

Cielos. ¿Por qué tenía que decir cosas así? Era tan excitante.

—¿Qué es eso? —pregunté, mordiendo mis labios.

Lo alzó en el aire.

—¿Esto? Es para tus pezones.

—Mis…

Mis pezones se endurecieron dolorosamente ante la idea de… lo que sea que esa cosa hiciera.

—Quítate la camisa, Amanda.

—Yo... yo... —seguí resistiéndome, sintiéndome un poco nerviosa ahora.

—La idea de que le haga algo a tus pezones te excita. ¿O no es así, compañera? —Grigg dio un paso al frente—. Puedo ver que ya están duros, deseando sentir lo que sea que vaya a hacer. Puedo sentir tu interés y deseo a través del collar. Apuesto a que si explorara tu ansioso sexo con mis dedos, lo hallaría mojado, también.

Dio otro paso al frente, y colocó la barra metálica sobre la mesa, con suavidad. La ignoró por el momento, se enfocó en mí y solo en mí. Todo su poder, su tamaño, esa intensidad estaban enfocadas en mí y no tenía la fuerza para resistirlas. No podía resistirme a él. Olas de deseo azotaban contra mi cuerpo, hacían que mi vagina lo deseara, hacían que se hinchara, lista para recibir su miembro. Mis pechos se volvieron más rellenos; mis pezones, picos endurecidos. Mi piel se sentía caliente.

—Algo... algo está sucediendo conmigo.

Jamás me había sentido tan excitada con tanta rapidez antes. Y ni siquiera me estaba tocando. Era similar a cuando me había puesto el collar y mis sentimientos me embargaron.

—Estás sintiendo mi excitación, también. Nuestra conexión ha comenzado, y nuestro semen, nuestra esencia de unión, ya está haciendo su trabajo en tu cuerpo. No existe ningún secreto entre compañeros. Ninguna emoción ni deseos falsos. Esta realidad te ayudará a superar tus temores.

Elevó una mano a la altura de mi brazo, pero no lo tocó. Lo deslizó en el aire, pero sentí la chispa, la calidez de ese cuasi contacto, y me estremecí.

—¿Esencia de unión?

—El fluido que sale de nuestros miembros es para ti. Lo froté sobre tu clítoris durante la examinación para atenuar tu miedo. Cuando te follamos, también, nuestro semen bañó tu vagina. Te marcó. Te rellenó. Los químicos de unión que están en nuestra semilla se introducen en tu cuerpo, y son esenciales. Es la única manera en la que los guerreros de Prillon crean lazos con sus compañeras.

—¿Me drogasteis con vuestro semen? —pregunté.

Se encogió de brazos, y no se apenó en admitirlo.

—Drogar no es la palabra adecuada. Tu deseo, tu aprobación es solo otro signo de que nos perteneces. Ahora mismo, ni siquiera te he tocado y ya estás cerca de correrte. ¿O me equivoco?

Estaba jadeando ahora, la habitación se sentía calurosa.

—No.

Tenía que confesarlo. Era obvio que me afectaba... de alguna manera.

—Entonces confía en que te haré sentir bien. Quítate. La. Camisa.

Su voz bajó un tono, sonaba penetrante. Había hablado conmigo sobre mis preocupaciones, pero ahora su paciencia se había agotado. Podía sentir eso, también.

Buscando el dobladillo de la camisa, lo levanté y me la quité, arrojándola al suelo. Grigg observó mientras hacía esto, y mantuvo su mirada fijamente sobre mi pecho mientras lo descubría. El extraño sujetador —similar al de la Tierra, con un alambre y copas, aunque sin relleno— revelaba mis pechos hinchados. Era como un semisujetador, solo que mucho más "semi" que cualquier cosa que haya visto antes en la Tierra. Si jadeaba, estaba segura de que mis pechos se saldrían.

Con un solo dedo, Grigg puso a prueba esa teoría; tomó el material justo en el borde de la tela blanca y tiró de él. Mi pezón se vio al descubierto, tenso y endurecido. En el momento en el que exhibió mi otro pezón, jadeé; el frío aire de la habitación los endurecía mucho más.

—Dios. Eres hermosa —exclamó, exhalando una respiración contenida.

Sentí cómo su deseo se intensificaba, especialmente cuando deslizó uno de sus nudillos sobre la colina de uno de mis pechos.

En ese momento me sentí hermosa ante sus ojos; su expresión era de impaciencia, necesidad y oscuro deseo. Su necesidad era como un espiral, como un manantial. Inclinándose, atrapó el pezón con sus labios, lo chupó y lamió. Mis dedos se enredaron en su cabello y se aferraron a él. Luego de unos minutos, pasó al otro pecho e hizo lo mismo, y luego los miró a ambos. Eran de un color rosa fuerte, y relucientes por sus atenciones.

—Así se ven mejor.

Lo miré con ojos llenos de deseo. Solo podía asentir, porque así era mejor, y, aun así, era muchísimo peor; pues estaba impaciente por sentir más.

Sin dejar de mirarme, tomó la barra metálica y la sostuvo frente a mis pechos. Presionando un botón, el grosor se ajustó para que los círculos tuviesen el mismo espacio que mis pezones. Grigg lo presionó suavemente contra mis pechos, moviendo ligeramente mi tersa piel para que el pezón estuviera posicionado en medio del círculo.

Hizo esto mismo con los dos.

Miré hacia abajo y me quedé observando, fascinada por el extraño objeto. Conocía las pinzas para pezones, que eran como pequeños ganchos que pellizcaban los pezones. A veces se utilizaba joyería decorativa o cadenas colgantes. Pero esto... esto era diferente. ¿Una barra unida con qué? ¿Succión? ¿Una cincha? No estaba segura de cómo funcionaba.

Posó su mirada sobre la mía.

—¿Todo bien? —preguntó.

No dolía en lo absoluto. El metal se sentía cálido contra mi piel, así que asentí.

Presionó otro botón en el centro, y una luz color amarillo pálido comenzó a brillar. Al mismo tiempo, la abertura de los círculos que estaban alrededor de mis pezones se hizo más estrecha hasta que Grigg pudo retirar su mano; el juguete colgaba de mí. La presión no era tan fuerte, pero sí que jadeé. Mis sensibles pezones estaban siendo estrujados levemente.

La luz cambió a un color amarillo oscuro.

—Eso es todo —dijo Grigg, quitándose su camisa y arrojándola al suelo.

Dios mío. Su pecho era gigante y extremadamente musculoso. Sus hombros eran anchos, tenían el doble de grosor que los míos, y todo ese poder contenido en un corpulento abdomen y un descomunal pene que, según lo que veía, ya estaba duro y listo para tomarme.

—¿Eso es todo? —repetí, mirándome.

No dolió, pero tampoco era muy excitante

—No es un juguete tan bueno —repliqué, ligeramente decepcionada.

—Bueno, aún no te estoy follando —contrarrestó.

Fruncí el ceño mientras se desnudaba completamente. Su armadura cayó al suelo y colocó algo en una pequeña cómoda entre el sillón y la cama. No vi el objeto que colocó allí, porque su miembro estaba erecto y se interponía entre nosotros, acaparando toda mi atención.

—El juguete, como lo llamas, percibe tu excitación, percibe lo que necesitas para alcanzar el orgasmo y aumentará la presión en tus pezones debidamente.

Posé mi mirada nuevamente sobre el objeto inocuo.

—¿De verdad?

Sonrió y se dirigió hacia mí. Me quitó el resto de mi ropa hasta quedar desnuda. Incluso, me quitó mi sujetador con cuidado.

—Dios, mírate. ¿Los hombres terrícolas te decían lo espectacular que eres?

Abrí mi boca, pensando en los hombres con los que había estado en el pasado. Ninguno de sus rostros me vino en mente, pues nunca había sentido algo como lo que sentía por Grigg y Rav.

Elevó una mano.

—Olvídalo. No respondas. No pienses en otros hombres cuando te toco, o tendré que darle unas cuantas nalgadas a tu culo perfecto y atiborrarte con mi miembro hasta que recuerdes que eres mía.

Quería reír, pero intuí que no estaba bromeando por completo.

—Eres nuestra, Amanda. Somos tus compañeros. Lo sientes, lo sabes.

Me ruboricé, pues sentí la veracidad de sus palabras fluir a través del collar y la ráfaga de excitación que sentía al mirarme.

Los círculos que estaban alrededor de mis pezones los apretaron ligeramente y jadeé. El color sobre la barra cambió a anaranjado.

Me guiñó el ojo, comprendiendo que las pinzas me habían apretado.

—Me gusta ver tu rostro cuando el juguete comienza a jugar con tus pezones duros. Quiero observar tu rostro cuando te corras sobre mi pene.

Gemí, entonces, pues las palabras que dijo eran exactamente lo que quería escuchar.

Se sentó en una silla con las piernas extendidas, chasqueando los dedos.

Fui hacia él. La sensación de la barra en mis pechos me distraía desde que la presión aumentó.

Con una mano sobre mi cintura, me acercó hacia él, así que me monté sobre sus caderas, mis pechos estaban directamente a la altura de su rostro. Haciendo un contacto muy gentil, Grigg chupó mi pecho alrededor de la parte de afuera del círculo de metal. Primero uno, y luego el otro. El círculo se hizo más estrecho.

Mis dedos se enredaron en su cabello, intentando mantener su boca directamente sobre mí. Me retorcí sobre su regazo, moviéndome y frotando su miembro contra mi panza. Podía sentir su líquido preseminal brotando y cubriendo nuestra piel. Su calidez, la esencia de unión, como la llamaba, me hacía entrar en calor, se expandía a lo largo de mi cuerpo como si de una droga se tratase. *Era* una droga, pues la anhelaba. La necesitaba. El pequeño riachuelo que emanaba de él no era suficiente para mí. Quería su todo, quería su miembro enterrado dentro de mis profundidades y su semen recubriendo mi feminidad.

—¿Y qué... qué hay de Rav?

No estaba acostumbrada a tener dos hombres. ¿Había algún protocolo que dijera algo sobre estar con uno de ellos sin el otro? ¿Se sentirían celosos del otro?

—Está trabajando. Tú estás aquí, necesitas una muestra de tu juguete sexual y una buena follada. No necesitamos tomarte juntos todo el tiempo. Verás que somos insaciables, así que prepárate para tener a tus hombres de desayuno, almuerzo y cena.

Con su nariz, dio un toquecito a la barra que estaba en mis pechos. Hizo que un jadeo escapara de mis labios, y tiré de su cabello.

—Veamos qué tan mojada estás, qué tan lista estás para mi pene.

Me apartó de él y tomó mis caderas fuertemente mientras colocaba mi trasero sobre sus rodillas. Sostuvo mis muslos sobre los suyos mientras extendía sus piernas, haciendo que mi vagina se abriera en el espacio que había entre nosotros, resultándole sencillo verla y tocarla. Coloqué mis manos sobre sus hombros para encontrar equilibrio. Aunque sabía que no me dejaría caer, necesitaba un ancla.

—No te muevas.

Las dos palabras apenas habían sido procesadas cuando su mano se retiró de mi cintura derecha para tomar mi húmeda cueva. Sabía que estaba mojada, pues el viento soplaba sobre mi piel sensible, en donde mis fluidos recubrían la ensenada de mi feminidad.

Me exploró con dos de sus dedos mientras mantenía el contacto visual conmigo. Miré sus ojos oscuros mientras sus dedos se introducían lentamente dentro de mí. Sus ojos estaban llenos de lujuria, necesidad, deseo; y su mirada intensificó mi excitación tanto o más que la esencia de unión que había en su semen. Ningún hombre me había mirado jamás como él me miraba; como si fuese a morir si no lograba follarme. Como si fuese la mujer más hermosa del mundo. Su deseo era adictivo, me hacía sentir poderosa, a pesar de que estaba bajo sus órdenes, bajo su control. Y esa dicotomía me confundía.

Parpadeé.

—No, Amanda. No vas a mirar hacia otro lado.

Grigg me folló con sus dedos con un movimiento deslizante, lento y sensual, que me llevó hasta el cielo; pero jamás me daría el alivio que necesitaba sentir.

—No puedo... eres demasiado...

Dos ásperas yemas de los dedos me tocaron en lo profundo,

acariciando la entrada hacia mi útero; mis piernas se tensaron y mi cuerpo se sacudió ante la sensación. Dios, estaba tan adentro de mí.

—¿Demasiado qué? —gruñó.

Negué con la cabeza, no dispuesta a responder o incapaz de hacerlo. No estaba segura cuál de las dos era. Mi mente se volvía un desastre a medida que el juguete sobre mi pezón cambiaba a un color rojo oscuro, enviando una pequeña descarga eléctrica mientras me apretaba más, justo lo suficiente como para hacerme gemir, con esas cosquillas eléctricas.

Grigg suspiró y apartó una mano de mi húmeda vagina, y la otra de mi cadera. Extrañé su contacto de inmediato, sintiéndome fría y vacía repentinamente; en extremo sola. Anhelaba nuestra conexión física, el contacto con su piel era como bálsamo para mis sentidos. Era libre para ponerme de pie, para bajarme de su regazo y escapar de cualquiera que sea el juego que estábamos jugando. Pero no lo hice. Me quedé justo ahí en donde estaba, abierta y jadeando, totalmente aterrorizada de lo mucho que quería darle placer. Quería más. Quería lo que sea que él me diera.

¿Cuándo había hecho la transición de una espía brillante e independiente a una mujer necesitada y dependiente? ¿Y por qué con él? Rav me excitaba, y me sentía a salvo con él, deseada y satisfecha; pero había algo en Grigg que me hacía perder mi maldito juicio. Con Grigg, me perdía a mí misma, y eso me asustaba mucho más que cualquier otra cosa. Mucho más que recibir un disparo durante una persecución a toda velocidad. Incluso, más que la propia muerte.

La coincidencia es del 99%... Es perfecto para ti en todos los sentidos. Las palabras de la guardiana Egara retumbaban en mi cabeza. Esa era la única explicación. El protocolo de emparejamiento debía funcionar, tal y como lo prometían. Lo que significaba que Grigg debía ser realmente mío. Si eso era cierto, entonces debía ser honrado, leal, honesto. Si no lo era, entonces no lo habría querido; no me habría sentido atraída por él. El carácter era importante para mí. Por lo tanto, Grigg no era el tipo de hombre que se aprovecharía de un planeta entero y de su gente, tal y como Robert lo había insinuado. Jamás lo haría. ¿La CIA se había equivocado? ¿Éramos, quizás, demasiados nuevos en la Coalición como para comprender, o es que estaba demasiado drogada por la lujuria y no podía ver la realidad?

—Me has mentido, Amanda.

—¿Qué?

Entre mi vagina húmeda, mis pezones pellizcados, mi corazón retumbante y mi mente atemorizada, no podía procesar lo que acababa de decir.

—Me has mentido sobre los juguetes sexuales. Sobre muchas cosas, me temo.

Sintiéndome nerviosa, intenté cerrar mis piernas, pero sus manos se posaron sobre mis muslos como si fuesen pinzas.

—No sé de qué estás hablando.

Aquel suspiro y aquella decepción que provenían de él, y que sentía por medio del collar, entristecieron mi corazón.

—¿Qué hacías con la caja?

—Nada. Solo la estaba mirando.

¿Qué podía decir? *¿Oh, bueno, Grigg, estaba intentando descubrir cómo enviar estos tapones anales y pinzas electrónicas para pezones a la Tierra para la CIA?* Eso era extremadamente ridículo, tal como lo eran mis acciones. ¿Estaba tan desesperada por seguir órdenes que enviaría algo del Paquete de Preparación Anal para que lo analizasen? Eso era estúpido. Y yo no era una mujer estúpida. Muy rara vez me mentía a mí misma, pero parecía que eso era justamente lo que había estado haciendo desde mi llegada. Mintiéndome a mí y a mis compañeros.

Hice silencio hasta que, tan rápidamente que no tuve tiempo de protestar, me hallé inclinada sobre las rodillas de Grigg. Mi trasero estaba en el aire y sus manos se encontraban sobre mi espalda, sosteniéndome. Tuvo cuidado con la barra sobre mi pecho.

—Me has mentido de nuevo.

—No —negué con la cabeza mientras miraba al suelo, con los ojos abiertos de par en par.

Su mano aterrizó sobre mi trasero y sentí un doloroso escozor. Jadeé.

—¿Qué crees qué estás haciendo?

—Te estoy azotando. Te dije, compañera, que serías castigada si le mentías a tus compañeros.

Su mano aterrizó nuevamente en mi otra nalga, y por algún motivo extraño, la nalga izquierda era mucho más sensible que la derecha. Arqueé mi espalda y grité ante la sensación placentera de dolor que me embargaba mientras sentía cómo el calor sobre mi piel se extendía hacia mis muslos, mi estómago, mi clítoris. La pinza sobre mis pezones hizo más presión sobre mí.

¡Zas!

¡Zas!

Grigg gruñó, sus ásperas manos masajeaban mi trasero, en el punto en donde me había dado las nalgadas. Su voz sonaba ronca.

—Tu culo es perfecto, Amanda. Tan redondo. Tan delicioso. Se contonea tan perfectamente cuando le doy nalgadas. Me encanta como rebota cuando te follo.

Cuando su siguiente azote aterrizó sobre mi trasero, estaba mucho más húmeda de lo que había estado antes; el escozor se esparcía mucho más rápido ahora, directamente a mis pezones pellizcados.

¡Zas!

¡Zas!

¡Zas!

Me retorcí mientras las pinzas me pellizcaban y soltaban, pulsando mis sensibles pezones, haciéndoles cosquillas con electricidad después de haberlos soltado; soltándolos luego de cada golpe que propinaba la mano de Grigg a mis nalgas. A la izquierda. A la derecha. Una y otra vez me azotaba hasta que no pude contenerme más, mi cuerpo estaba fuera de control y salvaje.

La mano que me sostenía por la espalda me sujetó, y me di cuenta de que no tenía ningún sitio al cual ir; no tenía ninguna opción, excepto someterme mientras el fuego recorría todo mi torrente sanguíneo y la humedad se desbordaba por mis muslos. Grité, no de enojo ni de dolor por los azotes, sino de placer.

Placer increíble, perfecto, doloroso. Dios, esto era un desastre y no me importaba.

Estaba tan endemoniadamente excitada que estaba a punto de tener un orgasmo, y de todos modos no me importaba.

Mi mente estaba en blanco. Maravillosa y absolutamente en blanco.

Mi cuerpo se dejó caer, sumiso, ansioso por el escozor que me provocarían sus próximos azotes, su dominancia. Anhelaba probar el último bocado de dolor que me haría correrme.

11

El agudo placer de su mano sobre mi trasero nunca me invadió y gimoteé en modo de protesta.

—No te muevas. Aún no acabo contigo.

Me quedé helada de manera instantánea, estaba por completo a su merced; el tono autoritario que desprendía su voz hizo que mi vagina se contrajera alrededor de la nada. Quería su pene. Ahora mismo.

Alcanzó el objeto que estaba en la pequeña cómoda, el que había ignorado antes, y me di cuenta de que era uno de esos tapones anales de la caja.

Dejé caer mi cabeza con poca voluntad de protestar, porque lo cierto era que lo quería dentro de mi culo mientras él me follaba; y me follaría, eventualmente. La lujuria que emanaba de él por medio del collar era embriagante. Quería esa sensación de estar totalmente llena, totalmente dilatada, reclamada; tal como lo habían hecho la noche anterior.

Separó mis nalgas rápidamente e introdujo el lubricante dentro de mi cuerpo con uno de sus dedos ásperos y gruesos. Respiré al sentir sus atenciones. El tapón, cuando estuvo dentro de mí, era más grande y ancho, y sabía que había escogido uno de los que tenían una cabeza prominente y un extremo aplanado, lo cual lo mantendría fijo en su lugar y también le permitiría moverse un poco dentro de mí mientras me follaba.

La sola idea de aquello me hizo gimotear, y me aferré a su pierna con una de mis manos.

—Así es, compañera. Eres mía. Tu sexo es mío. Tu culo es mío.

Sus palabras me hicieron retorcerme, presionándome contra el objeto que me expandía por dentro. Grigg introdujo el tapón dentro de mí lenta y cuidadosamente hasta que mis músculos cedieron y se deslizó hacia dentro, hacia mis profundidades; mi cuerpo intentaba cerrarse alrededor de él una vez más hasta que el extremo, mucho más fino, se apoyó contra mi trasero, manteniéndolo fijo en su lugar. Lancé un gemido al sentirme tan llena. Ya podía sentir la presión aumentando dentro de mi feminidad y me pregunté cómo podría soportar el inmenso tamaño de su pene colmándome, también.

¿Mi cuerpo sentiría dolor en el momento en el que me follara? ¿Y por qué la idea de sentir algo de dolor mezclado con este placer me hacía querer comprobarlo tan desesperadamente?

—Fóllame, Grigg. Por favor.

Ya hace mucho tiempo había dejado de sentir vergüenza al rogar.

Por toda respuesta, mi compañero me dio unas nalgadas nuevamente, y el tapón anal hacía que la fuerza de su mano se sintiera en mi sexo, también. Un grito se escapó de mis labios.

—¿Qué hacías con la caja, Amanda?

¡Maldita sea! ¿De nuevo con esto? Mi frustración traspasó los límites, y sentí las lágrimas agolpándose en mis ojos.

—Nada, ¿de acuerdo? Solo estaba siendo estúpida.

Pronuncié cada palabra con sinceridad, y Grigg debió haber sentido por medio del collar que estaba diciendo la verdad, porque dejó de azotarme y me tomó en brazos hacia la pared que estaba cerca del extremo de la cama.

Grigg me dejó sobre el suelo, frente a la pared, y extendí mi mano para frotar el escozor que sentía en mi trasero desnudo.

Pero Grigg tenía otros planes; tomó mis muñecas y, cuando miré por encima de mi hombro, pude ver que sus ojos eran prácticamente negros, con intensidad.

—No. Tu dolor es mío. Tu placer es mío.

Cielos, era un animal. Era tan carnal, tan primitivo; y me encantaba.

Negó con la cabeza lentamente.

—No tienes permitido tocarte.

Cierto. Eso lo había olvidado. Así que, ¿qué se suponía que hiciera? ¿Dejar que mi trasero ardiera?

No dejó que mi mente vagara por demasiado tiempo. Abrió un pequeño compartimento que estaba dentro de la pared, y reveló un juego fijo de esposas unidas a soportes metálicos que se hallaban a la altura del hombro. En cuestión de segundos, mis muñecas estaban atadas con una versión extraterrestre de nuestras esposas. Tiró de mis caderas, colocó una mano sobre mi espalda para que las doblase, mis manos estaban extendidas sobre mi cabeza; las esposas sostenían fijamente mis manos contra la pared. El juguete que estaba adherido a mis pezones colgaba de ellos; me apretaba, me soltaba, y se aferraba nuevamente con aquel extraño movimiento de succión que nunca había sentido antes.

Me estaba recuperando de esto, apenas, cuando Grigg abrió otro compartimento debajo de la cama y sacó una barra larga y otro juego de esposas para mis tobillos. No me resistí cuando separó mis pies y los inmovilizó, la barra separadora impediría que cerrase las piernas, que le negase cualquier cosa que quisiera.

Grigg

EL TRASERO desnudo de mi compañera lucía un color rosado por su castigo; el tapón anal estaba fijo en su lugar, lo cual aumentaba su placer y preparaba su cuerpo para ser reclamada, para que Rav y yo la colmásemos con nuestros miembros. Sus tobillos estaban atados y bien abiertos entre sí solo para mi placer. La hice inclinarse, su culo estaba al aire, sus pesados pechos se balanceaban debajo de ella, sus brazos largos y elegantes apuntaban hacia la pared, en donde otro juego de esposas la mantenía inmóvil en su sitio. Su cabello negro y exótico descansaba sobre su pálida piel, era como un cuadro que exponía su belleza.

Nuestros collares me permitían mantenerme al tanto de cada uno de sus deseos, de cada reacción. La estaba presionando, pero me enteraría del momento en el que tuviese miedo, del segundo en el que la llevara más allá de lo que podía soportar. Pero sus emociones eran una tempestad confusa de lujuria y vergüenza, frustración y deseo, anhelo y culpas. Nada de miedo. Mi pequeña espía humana se estaba quebrando, se estaba perdiendo a sí misma ante mí; pero esto no era suficiente. Aún luchaba por tener el control, ¿y yo? Yo lo quería todo.

Era mía. Toda ella era mía. Cada hermosa, suave, húmeda fracción de ella.

—Mía—dije la palabra en medio de un gruñido mientras daba un paso al frente y empujaba levemente la entrada a su sexo con mi pene.

Esa palabra le produjo escalofríos, así que me adentré en ella con una estocada lenta e implacable, y tiré de su cabello, haciendo que mirara hacia arriba; la coloqué en el ángulo ideal para que pudiese mirar sobre su hombro y verme a los ojos mientras repetía aquellas palabras.

—Mía. Tú eres mía.

Su vagina me apresó como si fuese un puño, y lancé un gruñido con satisfacción ante su reacción. Estaba tan húmeda, tan endemoniadamente caliente. Sus paredes internas se contrajeron y cerraron inmediatamente alrededor de mi pene.

Una de mis manos permaneció en su cabello, mantuve mis ojos fijos sobre los de ella mientras cambiaba de posición, mientras me dirigía a lo más profundo de ella, levantando sus pies del suelo con cada embestida de mi sólido miembro. Consideré mover mi mano por debajo de ella para tocar su clítoris, pero en vez de esto solo la follé con más fuerza, casi incapaz de aguantar la presión extra del tapón. ¿Era estrecha con y sin él?

Dios. Era tan estrecha. Tan húmeda. Tan caliente.

Le di una nalgada lo suficientemente fuerte como para producirle una ligera sensación de ardor en su trasero ya adolorido; lo suficientemente fuerte como para recordarle que era yo quien estaba al mando, que podía hacer lo que deseara con ella, pues era mía. Mi recompensa invadió nuestra conexión mientras ella gemía, inclinando sus caderas para hacer que me adentrara en ella. Sus fluidos bañaban mi miembro.

La desesperación inundó su mente; la necesidad de correrse la saturaba y traspasaba nuestra conexión, contagiándome también.

Solo necesitaba tocar su clítoris una vez, una sola vez, y sabía que se quebraría entre mis brazos. Pero no lo hice. No esta vez. Esta vez quería que mi semilla estallara dentro de ella, que la esencia de unión saturara sus sentidos y la obligara a correrse una y otra vez.

El pensamiento de mi semen colmándola era todo lo que necesité. Mis bolas se contrajeron y mi semen salió disparado, vaciándose dentro de ella, mientras lanzaba un gruñido de alivio.

Se quedó muy quieta, como si se hubiera congelado o como si estuviese impactada mientras sentía cómo mi semen la llenaba, cómo la reclamaba con más fuerza.

Sentí cómo su orgasmo nacía dentro de ella, disparándose como un disparo iónico hacia el espacio, pero ella lo rechazó. Se contuvo. Por mí.

—Por favor —esperó, pronunciando la palabra en medio de un gimoteo de necesidad.

No le había dado permiso para correrse.

En ese momento, me perdí en ella. La admiraba; la consideraba hermosa, inteligente, valiente. Pero este acto hizo que todas estas emociones se convirtieran en algo tan cegador y gratificante, que sabía que jamás lo había sentido antes. Amor. Tenía que ser amor.

Dejé descansar mi pecho sobre su espalda, y besé su mejilla con suavidad, su rostro aún estaba vuelto hacia mí, mis manos aún sujetaban su cabello. Solo un beso y la liberé.

—Córrete por mí, amor. Córrete. Te tengo.

Su cuerpo estalló y la cubrí, envolviendo mis manos alrededor de su cintura para sostenerla fuertemente, sosteniéndola a medida que explotaba en un millón de pedazos entre mis brazos. Cuando la primera ola de placer hubo acabado, todo lo que necesité fue mover mis caderas, y se derrumbó de nuevo. Dos. Tres veces.

Mi pene se endureció dentro de ella, listo para follarla nuevamente. Lo hice con suavidad esta vez, apenas moviéndome mientras las paredes hinchadas de su vagina me apresaban con fuerza, ordeñándome con tanto y tan intenso placer, que no quería escapar jamás de su húmeda calidez. Dios, era perfecta.

Soltando su cabello, moví mis manos para sostener sus pechos, quitando el juguete de sus pezones para jugar con ellos por mi propia cuenta, tirando de ellos y estirándolos con gentileza, tomándolos y acariciándolos mientras su trasero se movía y balanceaba bajo mis caderas; su espalda era tan suave y larga, se veía tan elegante y curvada bajo mi pecho.

Se movía demasiado, y mordisqueé su hombro para mantenerla quieta. Un instinto bestial enterrado muy dentro de mí nubló mi mente, y así vacié todo mi semen dentro de su sexo por segunda vez.

Su siguiente orgasmo fue fuerte y rápido, y no quería que se contuviera. Sabía que no podría resistir el poder de unión que había en mi semen, pues era demasiado fuerte, demasiado intenso. No tenía otra opción que no fuese correrse. Sus gritos se oían por toda nuestra habitación como si fuesen la pieza musical más dulce que alguna vez hubiese escuchado, y supe que jamás me cansaría de ella. Jamás renunciaría a ella.

Cuando nuestra respiración se hubo calmado, le quité las esposas y el tapón que estaba dentro de su trasero con mucho cuidado. Al terminar, enredé mis brazos alrededor de ella y nos recostamos juntos en la cama para recuperarnos.

Se acurrucó conmigo como si fuese una mascota satisfecha, y

acaricié su espalda sudada, su mejilla, cada centímetro de su piel que pudiese tocar; y me maravillé ante la inmensa devoción que profesaba. Sabía que mis sentimientos llegarían hasta ella por medio del collar, y me alegré por nuestra unión. Y, aun así, no había olvidado el hecho de que mi pequeña compañera era, sin duda, una espía trabajando para su mundo, enviada aquí para infiltrarse y traicionarme.

Pero ya no me interesaba. La habían probado y asignado a mí. Aunque quizás hubiese motivos externos en cuanto a su transporte hacia aquí, no podíamos negar nuestra conexión. Era mía, solo tenía que esforzarme para ganar su lealtad, su confianza. El resto vendría por cuenta propia. Quería su amor, pero era un hombre realista. Eso tomaría tiempo que no tenía. Los batallones de su mundo llegarían en dos días, según lo planificado. Por primera vez, me arrepentí de mi decisión de permitir que los transportaran tan pronto, pues no había lugar a dudas de que entre los soldados de la Tierra habría espías adicionales. El tiempo se me estaba agotando para ganarme a mi compañera, ya que no dudaba que intentasen ponerla de su lado y hacer que pensara como ellos. La presionarían para que trabajara por el mayor beneficio de la Tierra, no por el de ella.

¿Su mayor beneficio? Estar con sus compañeros, los dos hombres en todo el universo que eran perfectos para ella.

Cubrí a ambos con la suave sábana azul, y la satisfacción me embargó cuando su brazo se posó alrededor de mi pecho; su pierna estaba enredada con la mía. Su mente estaba en blanco, vacía. Feliz. El sentimiento era adictivo, y sabía que destruiría cualquier mundo solo por hacer que se quedara aquí, en mis brazos. Incluso, mientras jugaba con ese pensamiento, sabía que estaba a punto de arruinar el momento.

—Amanda.

—¿Mmm?

—Me parece que necesitamos hablar.

Su cuerpo se tensó y me maldije internamente, pero ya no podía darle más vueltas a esto. Tenía que saber la verdad. *Necesitaba* que confiara en mí lo suficiente como para decirme la verdad. Si lo que recién habíamos compartido no demostraba la conexión y confianza que podía existir entre nosotros, entonces no sabía qué cosa lo haría.

—Bien. ¿De qué quieres hablar?

Se alejó de mi pecho y la dejé ir, vi cómo se sentó y se retiró hacia la cabecera de la cama, cubriéndose completamente con las sábanas. Me odié un poco en aquel instante. ¿Por qué no podía disfrutar el momento, la sensación de ella entre mis brazos, tan suave y contenta? ¿Por lo menos durante cinco minutos?

Porque era un comandante, era responsable por miles de soldados y billones de vidas de los mundos que protegíamos en este sector del espacio. Porque quería escuchar la verdad de sus labios, quería saber si, a pesar de que nuestra conexión fuese real, estaba en segundo lugar en comparación con su objetivo principal, el espiar para su planeta, el traicionar a la Coalición y a mí.

Demonios, *quería* que su único objetivo fuera el ser la compañera oficial de Rav y mía, el de aceptar que la reclamásemos, el de quedarse aquí por siempre.

Pero hasta que hubiese tomado una decisión, no podía ignorar la amenaza que representaba.

—¿Qué sucede, Grigg? Puedo sentir como maquina tu mente.

—Rav se puso en contacto con la guardiana Egara en la Tierra.

—¿Hizo eso? ¿Por qué?

La ansiedad la invadió, y sabía que Rav había tenido razón.

Moviéndome para sentarme a su lado, incliné mi espalda contra la pared, pero no me cubrí. Era un guerrero, no una doncella. Y si mi miembro ya estaba medio duro por ella nuevamente, si aún se sentía pegajoso por su excitación y mi semen, entonces, quizás, esto me ayudaría a convencerla de que me importaba, de que me preocupaba por ella mucho más de lo que quisiera, dadas las circunstancias.

—Tenía curiosidad sobre ti, sobre el lugar del que venías, sobre cómo fuiste elegida para ser la primera novia de tu mundo.

Mordisqueó su labio inferior y apretó la sábana con fuerza contra sus pechos, sus nudillos se habían vuelto blancos.

—No soy tan interesante.

—Al contrario, me parece que una espía, a la cual una agencia del gobierno le asigna infiltrarse dentro una nave alienígena y espiarla, resulta increíblemente interesante.

Se quedó paralizada, sus ojos oscuros se habían escondido mientras pestañeaba con lentitud; *shock* y alivio me bombardeaban por igual a través del collar.

—¿Qué?

—Me has oído, compañera.

Ella negó con la cabeza.

—No sé de lo que estás hablando.

Me encogí de hombros. —Veo que deseas más azotes.

—¡No!

Su negación fue inmediata y abrupta.

—Mentiras, Amanda. No más mentiras. ¿Qué has enviado a la Tierra, a tu preciada agencia?

Se estremeció, y quise alzar mi puño al aire en señal de victoria cuando sentí que tomó la decisión de hablar conmigo.

—Nada.

—¿Por qué estás aquí?

—Mira, todo esto de la Coalición Interestelar es nuevo para nosotros. Nunca hemos visto ninguna evidencia del supuesto ataque del Enjambre en la Tierra. Demonios, ni siquiera hemos visto alguna evidencia de la existencia del Enjambre. Venís a la Tierra y pedís mujeres y soldados solo por *protección* —elevó sus manos, los primeros dos dedos de cada mano hicieron un extraño movimiento en forma de bucle cuando dijo la palabra—. Es algo inverosímil y conveniente para las fuerzas de la Coalición. Es como una extorsión de la mafia con el fin de obtener dinero por protección.

No tenía idea de lo que significaban la mitad de las palabras que había pronunciado, pero comprendí la idea de sus palabras. La Tierra no nos creía.

—El Enjambre es muy real, Amanda. He estado luchando contra ellos toda mi vida.

Acercó sus rodillas a su barbilla y apoyó sus brazos sobre

ellas, su mejilla descansaba sobre ellas mientras se volvía para observarme.

—Eso es lo que dices, Grigg. ¿Pero si la amenaza fuese real, por qué no darle a la Tierra armas para que pudiera defenderse por su cuenta? Como mínimo dadle algo de la tecnología curativa que he visto aquí. Solo la tecnología ReGen podría salvar millones de vidas.

Los ojos oscuros de Amanda lucían tan serios, tan pensativos; me di cuenta de que disfrutaba este lado de ella tanto como disfrutaba el lado seductor y salvaje que se sometía a mis necesidades sexuales de manera tan magnífica. Esta era la líder que necesitaba para mi gente, la verdadera señorita Zakar que me había preocupado que nunca fuera.

Mi mano tembló cuando elevé mis dedos para acariciar el delicado arco de su pómulo, tracé la fina línea de su rostro. No se alejó ni me rechazó, simplemente observó con la silenciosa inteligencia que había comenzado a esperar y a admirar.

—Nuestra tecnología regenerativa podría salvar millones de vidas, amor mío, pero también podría ser utilizada para acabar con otro millón de vidas. Por esto pensamos que no es sabio compartirla con los líderes de tu mundo. Pelean por tierras y religión, luchan en guerras y asesinan a cientos de miles de personas mientras ya tienen en sus manos la tecnología suficiente para alimentar a los hambrientos, sanar a sus heridos, y cuidar de todos los ciudadanos terrícolas. No se respetan el uno al otro, no educan a su gente, no honran ni protegen a sus mujeres. Seríamos tontos si les diéramos armas tan poderosas a mentes tan primitivas.

Observé cómo analizaba mis palabras, cómo las consideraba ciertas y aceptaba lo que había dicho. No había mentido, y nuestros collares transmitirían mi sinceridad tan claramente como me transmitían sus dudas.

—¿Qué hay del Enjambre?

Mi pulgar se posó sobre su labio inferior y se quedó allí, acariciándolo hasta que este se abrió, permitiendo que lo introdujera lo suficiente como para darme un pequeño mordisco con sus dientes.

—No te quisiera cerca de esos bastardos perversos. Pero si necesitas una prueba, entonces te llevaré al puente de mando conmigo en la mañana. Nuestros guerreros deben destruir una de sus unidades de integración. Te mostraré lo que quieres ver, Amanda, pero no encontrarás lo que buscas.

—¿Y qué es lo que busco?

—Confirmación de la esperanza que tiene la Tierra de que la amenaza haya sido inventada. Los soldados del Enjambre son peligrosos y terroríficos. Nuestros guerreros prefieren la muerte antes de ser capturados. Consumen todo rastro de vida que encuentran con una crueldad que solo podría ser creada por la mente de una máquina. Hoy tienes sospechas, amor, pero mañana estarás aterrorizada.

Elevó su barbilla, mi dedo se deslizó.

—Por lo menos sabré la verdad.

Negué con la cabeza y la atraje de vuelta hacia mis brazos, en donde pertenecía.

—No. Ya sabes la verdad. Sabes que lo que te digo es cierto. El mundo del que has venido, aquellas personas para las que has trabajado, las que piensas que aún trabajas para ellas, ya no son tuyas. Eres una Prillon ahora. Eres una novia guerrera de Prillon Prime, la señorita Zakar. Te estoy diciendo la verdad. *Somos* la verdad. *Tú* estás viviendo la verdad aquí, justo ahora, con nosotros. Solo no quieres aceptarlo.

No dijo nada, ¿pues qué podía decir? No podía argumentar más, porque la información que poseía era de un solo lado. Mañana, cuando la lleve al puente de comando, cuando haya tenido toda la información que necesita para tener un criterio adecuado, entonces podremos discutir.

Amanda fue consumida por el sueño mientras estaba en mis brazos, y miré al techo hasta que Rav regresó de su turno. Nos miró por un momento, luego miró los juguetes abandonados sobre el piso, y rio.

—¿La has desgastado?

—Me dijo la verdad —respondí, hablando en voz baja para no despertarla.

Esto llamó la atención de Rav.

—¿Admitió que es una espía?

—Sí. Mañana en la mañana la llevaré al puente de comando para que vea a las alas de batalla luchar contra su unidad de integración más cercana.

Rav hizo una mueca y se deshizo de su ropa.

—Eso hará que se le revuelva el estómago. La semana pasada perdimos un ala completa.

Percibí la ira de Rav por medio del collar, y Amanda se movió. Quizás ella también lo percibió, incluso en sus sueños.

—Lo sé. Pero nuestra compañera humana pide conocer la verdad. Y prometí dársela. Mientras más pronto la pueda ver, más rápido será nuestra. Por completo.

Ahora desnudo, Rav se metió a la cama posicionándose detrás de Amanda, y trazó con una mano la curvatura de su cadera; su cansancio pesaba sobre mí a través de nuestro vínculo mientras se quedaba quieto y cerraba los ojos.

—Solo piensa que quiere saberlo. La aterrará, Grigg. Es demasiado para ella. Podríamos perderla.

—La perderemos si no dejamos que vea la verdad con sus propios ojos.

Rav cedió, pues ambos sabíamos lo testaruda que podía llegar a ser nuestra hermosa compañera.

—Espero que sepas lo que haces, Grigg.

—Yo también.

12

manda

El puente de mando de la *Nave Zakar* no lucía como me esperaba que lo hiciese. Había visto *Star Trek* varias veces, y había imaginado un montón de sillas frente a una pantalla, con el comandante en el centro, sentado sobre su trono como un rey.

Vaya broma.

La sala era redonda, con un pasillo central para poder caminar, y múltiples pantallas que descendían del techo en el centro. Varias pantallas adicionales se veían en el tercio superior de las paredes externas, también. El espacio completo era del tamaño de un café pequeño, y era mucho más activo de lo que había pensado. En las pantallas se mostraban planetas y sistemas internos de las naves, comunicaciones y planes de vuelo, esquemas e informes que no comprendía ni tenía manera de comprender. Los objetos que se mostraban eran controlados, aparentemente, por más de un oficial de Grigg, desplegados en el borde externo de la sala. Cerca de treinta oficiales de distintos rangos manejaban los terminales o se daban prisa. La comunicación era precisa y metódica, y los guerreros trabajaban como si fuesen una máquina perfecta.

Algunos vestían con la armadura negra de los guerreros aguerridos; algunos, de azul, indicando que eran ingenieros; y rojo para las armas. Había tres guerreros de blanco. No sabía lo que hacían, y no quería interrumpirlos con mis preguntas. El aire estaba cargado de tensión, y esa energía se desprendía de mi compañero y se dirigía hacia mí mientras se preparaba para observar a sus guerreros entrar en combate.

El preescolar que se encontraba en alguno de los pisos de abajo era todo lo opuesto a esto. Aquello era vida. Esto... esto era vida *y* muerte.

Esta no era su primera batalla, pero sí era la mía. Mis palmas sudaban, y las sequé con la suave tela de mi túnica azul mientras seguía a Grigg por la habitación, como si fuese un cachorro; escuchando todo lo que se decía, observando y absorbiendo todo lo que pudiese. Aquellos que despegaban la vista de sus pantallas asentían respetuosamente, pero sentí que el respeto era una distracción. Me sentía como una distracción para ellos y para Grigg. Pero él quería que yo viera. Necesitaba que lo hiciera.

Vi armamento, sistemas de rastreo de naves, y arsenal de navegación que les haría agua la boca a los astrofísicos e ingenieros de la NASA. Todo estaba aquí, y Grigg no me ocultó nada. Nada.

—Comandante, la Octava Ala de Combate está en posición. El transbordador también lo está.

Grigg asintió. Me había dicho que las alas de combate se encargarían de destruir cualquier intento de resistencia mientras el transbordador aterrizaba para rescatar a cualquier prisionero que haya sido atrapado por el Enjambre. Actuaban como protección, eran la fuerza del indefenso transbordador. Cuando los prisioneros fuesen liberados, las cazas destruirían la pequeña base del Enjambre. Mi compañero caminó dirigiéndose hacia el único asiento vacío de la sala. Posicionándose entre el rojo de los controles de las armas y el azul de la ingeniería, hizo un movimiento con la mano para pedirme que me sentara a su lado.

—¿La Cuarta? —preguntó.

Dominada por sus compañeros

—Lista, señor.
—Coloca al capitán Wyle en el intercomunicador.
—Sí, señor.

Algunos segundos después, la pantalla que se encontraba justo en frente se iluminó y reveló el rostro de un guerrero de Prillon con ojos dorados; su cara estaba ligeramente tapada con un casco de piloto.

—¿Comandante?

Grigg se puso en pie y comenzó a dar vueltas.

—Wyle, ¿cuál es tu estatus?

Los ojos del capitán se movían rápidamente, verificando datos y sistemas que no podíamos ver.

—Tenemos luz verde, comandante. Leo que solo hay tres naves exploradoras y ningún soldado. Debería ser una descontaminación sencilla, señor.

Grigg asintió.

—Bien, capitán. Estás a cargo del operativo. Estaremos monitoreando desde aquí. Adelante.

—Comprendido.

El rostro del capitán desapareció de la pantalla, pero la pequeña caminata de Grigg se volvió más agitada mientras susurraba algo entre dientes.

—Algo no está bien. Es demasiado fácil.

Un enorme guerrero con bandas doradas alrededor de sus muñecas, un señor de la guerra de Atlan, según lo que recordaba, se volvió a Grigg desde su estación en la sección de armamento.

—¿Quiere que le devuelva la llamada?

—No, ahora esto es decisión del capitán Wyle.

—Todo encaja, señor. Las patrullas exploradoras no captaron ninguna presencia adicional del Enjambre en la luna. Solo las Unidades de Integración.

El gigante tenía cabello café oscuro, y su piel lucía más humana que la de todas las otras personas que estaban a bordo de la nave. Utilizaba una armadura negra, no roja, y a juzgar por las líneas tensas que surcaban sus ojos y boca, me daba cuenta de que estaba tan disgustado como Grigg por estar atrapado aquí en esta operación.

—Lo sé.

Los ojos de Grigg se posaron sobre mí, y estaba consciente de que yo era parte de la razón de su ansiedad y nerviosismo. Lo sentía por medio del collar de manera sencilla, pero también se sentía en el aire. La presión, la intensidad de lo que estaba a punto de ocurrir. Quería tocarlo y asegurarle que estaba bien. Había estado en situaciones mucho más escalofriantes que esta. Yo no era un tímido capullo que necesitara ser protegido. Quería saber lo que sucedía allí afuera. Necesitaba saberlo.

—Ha comenzado —dijo un joven guerrero vestido de blanco, y todos se volvieron frenéticamente hacia sus monitores.

En cuestión de segundos, varias pantallas estuvieron en llamas con disparos y explosiones, y el apagado sonido del combate llenó la habitación. Era como observar cazas extraterrestres con cámaras en vivo fijadas en sus cabinas. Una docena de monitores rastreaban a los pilotos de las cazas mientras luchaban contra las naves del Enjambre. Las explosiones y sus fugaces conversaciones no se oían de nuestro lado, las voces de los pilotos eran un flujo constante de palabras que intentaba descifrar de manera lógica y comprensible.

—Hay dos más detrás de ti.

—¡Fuego! ¡Fuego! ¡Fuego! Hay tres que vienen detrás de la luna.

—Los veo.

—¿De dónde vienen? Maldición. No puedo verlos.

—¡Wyle, me han impactado!

—¡Salta, Brax! ¡Ahora!

Grigg bramó y uno de los hombres vestidos de blanco se movió frenéticamente en su estación, comunicándose con alguien que no podía ver. Sea lo que estuviese haciendo debió haber sido de esperar, pues Grigg se volvió hacia él de inmediato.

—¿El transportador?

—Ni pensarlo. Ya están en la superficie. La próxima recogida será en tres minutos.

—Maldición. No es lo suficientemente rápido.

Grigg apretó la mandíbula y sabía que creía que el guerrero estaba perdido.

Fiel a la predicción de Grigg, vi una llamarada color amarillo brillante dirigirse hacia el piloto que flotaba en el espacio como si fuese una diana rodante. Mi respiración se cortó cuando el orbe lo envolvió; sus gritos de agonía llenaban la pequeña habitación mientras los guerreros en las naves que estaban a su alrededor actuaban, derribando a la nave del Enjambre que había disparado la llamarada.

—¡Mata a ese maldito!

—¡Brax! ¡Maldición!

—Mueve a la Cuarta Ala, hay más de esos viniendo de la superficie.

—Demonios. ¿Cuántos? No veo nada.

—No veo... espera. Diablos. Diez. No, doce. ¿Alguno de vosotros puede confirmar que sean doce, joder?

—Hay otros tres aquí. Abortad la misión. Son demasiados —reconocí la voz del capitán Wyle—. Tripulación del transportador, salid de allí. Ahora. Todas las cazas en formación de defensa. Vámonos de aquí. ¿Comandante Zakar? Wyle al habla.

—Estoy aquí.

—Vamos con todo. No hay nada en nuestros análisis de sistema, pero a simple vista hay quince y están persiguiéndonos.

—Comprendido. Aguanta. Ya vamos.

—Date prisa, comandante. O estamos muertos.

Grigg se dio la vuelta hacia uno de los guerreros de rojo.

—Haz despegar a la Séptima y a la Novena. Ahora. A todos los pilotos. Los quiero fuera en sesenta segundos.

El guerrero no respondió, solo se giró y habló con alguien mientras se veían luces brillantes y se oían sirenas de emergencia en su estación.

Los acercamientos y movimientos a gran velocidad que se mostraban en las pantallas hicieron que perdiera el balance. Afortunadamente, podía sujetarme de la silla que tenía mientras el mareo pasaba. Resuelta a no dejar de mirar, traté de rastrear y comprender las imágenes que se movían a una velocidad tal que me mareaban. Me sentía impotente, débil, inútil. Solo podía imaginarme cómo se debía sentir Grigg, con sus hombres allí afuera bajo sus órdenes, bajo fuego. Muriendo.

A nuestro alrededor sonaban ruidos de batalla mientras los pilotos hablaban entre sí, defendiéndose de los perseguidores. Hubo sonidos de celebración cuando los refuerzos llegaron y los soldados del Enjambre abandonaron la persecución, dándose la vuelta para huir en la dirección opuesta, regresando a donde sea que hayan estado antes.

La voz del capitán Wyle se escuchó de modo alto y claro.

—Están huyendo, señor. ¿Quiere que los persigamos?

—Negativo. Lo que quiero que hagas es averiguar cómo hemos sido emboscados por sorpresa por todo un maldito escuadrón de naves exploradoras del Enjambre.

—Copiado, señor.

Los ánimos en la habitación se manifestaban por medio de murmullos ajetreados; uno de rescate luego de una explosión, y apoyé mi espalda en el respaldar de la silla, mi pulso palpitaba y mi mente iba a mil por hora mientras los pilotos daban sus reportes. La batalla había sido real, el pobre piloto, Brax, estaba muerto. Pero aún sentía curiosidad. Quería ver la cara del enemigo, quería *saber* qué eran.

Pero en la superficie, el rostro de mi compañero se mantenía serio, en calma, como si estuviera hecho de granito; me maravillé ante la fachada que sostenía, ante el férreo control requerido para controlar la tormenta de poder que sentía cociéndose bajo su piel. Mi admiración por él creció mientras afianzaba a la tripulación con su voz serena y paso firme. Su poder hacía que el caos se mantuviera a raya, su voluntad era la que marcaba la diferencia entre vida y muerte para tantas personas, tanto en la nave con nosotros como fuera de ella, para quienes luchaban por sus vidas en el espacio.

El guerrero vestido de blanco se volvió hacia Grigg.

—El transportador reporta que los dos sobrevivientes de la base del Enjambre han sido traídos a bordo, señor.

Los hombros de Grigg se tensaron, y el dolor que me embargó por medio de nuestro vínculo era viejo y profundo, como si fuese un hueso roto que se negaba a sanar. ¿En la superficie? No se notaba nada, ni siquiera un tic de su párpado ni un ceño fruncido. Quería consolarlo, abrazarlo, despejar su dolor.

—Avísale a la unidad médica.

—Sí, señor.

Grigg se dio la vuelta para mirarme, y extendió su mano hacia mí. Su quijada estaba tensa. Cada parte de su cuerpo estaba tensa.

—¿Quieres verle la cara a nuestro enemigo? ¿Quieres conocerlos?

—Sí.

Puse mi mano sobre la suya y me puse en pie mientras me ayudaba gentilmente.

Entonces suspiró, sus labios se hicieron una delgada línea que ya reconocía como signo de temor.

—Está bien, Amanda. Ver la batalla fue lo suficientemente malo. Ven conmigo, pero no digas que no te lo he advertido.

Caminé a su lado mientras hablaba con un enorme guerrero que estaba al otro lado de la sala.

—Trist, el puente de mando es tuyo.

—Sí, señor. Señorita Zakar, es un honor conocerla.

—Gracias.

El guerrero hizo una reverencia y siguió caminando. Grigg me dirigió hacia el vestíbulo; mi mano descansaba segura dentro de su cálido contacto. Me hacía sentir mucho más segura con aquel contacto. Esperaba que, por lo menos, se sintiera tranquilizado gracias al contacto conmigo.

—¿A dónde vamos?

—A la estación médica.

Conrav, Estación Médica número uno

Sentí un escalofrío cuando los dos guerreros contaminados que habían sobrevivido aquel lapso de tiempo en la base del Enjambre llegaron en camillas, traídos hasta aquí desde el transportador.

Trataríamos de salvarlos. *Siempre* lo intentábamos.

—¿Doctor Rhome?

—Estoy aquí.

El doctor que mantenía la cabeza fría había sido transferido aquí después de que su único hijo hubiese muerto en el combate en el Sector 453. Había sido mi superior por veinte años, y había visto más integraciones del Enjambre de lo que pudiera imaginar. Nunca comparar era mi objetivo ni el de Grigg.

Los dos cuerpos temblaban, y se resistían a las ataduras que los mantenían sujetos a las mesas de examinación. Hacía dos días, habían sido jóvenes guerreros de Prillon en su mejor momento, perdidos en un patrullaje de exploración. ¿Y ahora?

Aún eran guerreros, pero no recordaban sus pasados; sus identidades habían sido borradas, por lo que me habían descrito, eran como un constante zumbido dentro de sus mentes. Como todos los guerreros, eran enormes, y con sus nuevos implantes serían mucho más fuertes que nuestros guerreros, excepto por los guerreros de Atlan cuando estaban descontrolados; los bioimplantes microscópicos estaban integrados en sus sistemas nerviosos y musculares, volviéndolos más fuertes, más rápidos, y mucho más difíciles de matar que nosotros, sus inferiores consanguíneos.

Maldito Enjambre.

—¿Cuál quiere?

El doctor Rhome se encogió de hombros.

—Tomaré el de la derecha.

Asentí y dio un paso al frente dando instrucciones a su equipo para que llevaran al paciente a la estación quirúrgica. Yo iría a la izquierda con mi propio equipo y con el guerrero que aún llevaba el collar naranja oscuro de un compañero Myntar alrededor del cuello.

Maldición. Lo conocía.

La puerta de la estación médica se abrió de par en par y percibí quiénes eran las personas que estarían del otro lado mucho antes de que Grigg y Amanda hubiesen entrado a la habitación. Le hice señas a mi equipo de operaciones para que se adelantase y preparara al guerrero en la estación, y fulminé a Grigg con la mirada.

—Ella no tiene nada que hacer aquí. ¿Has perdido la maldita cabeza?

No era una guerrera, no era una doctora. No debería ver este dolor, esta perturbadora realidad de la guerra.

La mirada de Grigg era tan fría como el hielo, severa y totalmente inquebrantable.

—Necesita ver lo que nos sucede, lo que le sucederá a la Tierra.

—No —me volví hacia mi compañera, hacia sus suaves ojos color café, tan inocentes, tan endiabladamente testarudos—. No, Amanda. No lo permitiré. No debes ver esto. Hablo como tu segundo, mi único deseo es el de protegerte, de alejarte de todo esto.

El guerrero contaminado que estaba a mi derecha bramaba y rugía mientras el equipo quirúrgico luchaba para sedarlo y extraer el procesador núcleo que el Enjambre había implantado en él. Amanda se sobresaltó ante el sonido y negué con la cabeza. Si el guerrero sobrevivía, sería enviado a la Colonia para vivir allí en paz durante el resto de su vida.

La mayoría no sobrevivía.

No podía permitir que viera esta oscura miseria, no quería que la suciedad del Enjambre la manchara.

—No, Amanda.

—Rav, por favor.

Sus ojos eran firmes. Estaban deseosos, no de ver la crueldad de lo que el Enjambre nos hacía, sino de descubrir la verdad.

—Necesito verlo con mis propios ojos.

—No —repetí.

Mi primer instinto fue el de proteger a mi compañera, y jamás observaría a uno de estos hombres morir sobre la mesa.

Grigg gruñó, y sabía que iba a odiar las próximas palabras que pronunciaría. Y no me equivocaba.

—Muéstraselo, Rav. Es una orden.

—Maldición —negué con la cabeza—. Te detesto tanto ahora mismo.

—Lo sé.

No podía mirarlo, y me volví para ver a mi equipo. También ignoré a Amanda, quien me seguía junto a Grigg como si fuesen sombras.

El guerrero había sido atado a la mesa de cirugías con ataduras especiales que creamos específicamente para este propósito. Los implantes del Enjambre los volvía tan jodidamente fuertes que teníamos que desarrollar ligas especiales para sujetarlos.

El guerrero que el doctor Rhome había elegido estaba estable, y sabía que su destino sería decidido en los próximos minutos. Lo saqué de mi mente. Estaba ahora en las manos del doctor. Tenía un paciente propio del cual preocuparme.

El guerrero que se encontraba en la mesa delante de mí tenía la piel plateada que comenzaba desde su cuello hasta sus sienes, pero por algún motivo el Enjambre no había tocado ni su frente ni su cabello. Su brazo izquierdo estaba totalmente mecanizado, los compartimientos robóticos se abrían y cerraban mientras sus pequeños dispositivos y armas buscaban algún blanco. Sus piernas parecían estar bien, pero no podíamos estar seguros hasta desnudarlo y hacer una inspección completa.

No lo haríamos a menos que sobreviviera los siguientes cinco minutos.

—Sédalo, ahora.

—Sí, doctor.

Amanda rondaba cerca de sus pies, y no podía mirarla mientras mi paciente se tensaba y gritaba; sus palabras eran un amasijo ininteligible de sonidos. El ruido se desvaneció y los biomonitores que estaban sobre la pared indicaron que había perdido el conocimiento.

—Dale la vuelta.

Cuatro funcionarios médicos se apresuraron a hacer lo que había ordenado, todos eran rostros que conocía y en los que confiaba; rostros a cuyo lado había pasado por todo esto en otras oportunidades. Una y otra vez.

Mirando sobre mi hombro, le hice una señal a un miembro de mi equipo que estaba desocupado para que se uniera a nosotros. La joven, recientemente emparejada y aún inocente ante los horrores de la guerra, se apresuró para venir frente a mí.

—¿Sí, doctor?

—Por favor, notifícale al capitán Myntar, en persona, que su segundo ha sido rescatado de la Unidad de Integración del Enjambre y está siendo procesado en la estación médica uno.

El capitán Myntar comprendería lo que no era dicho; y si era inteligente, mantendría a su compañera, Mara, muy, muy lejos de aquí por un buen rato.

—Está en el puente de mando —añadió Grigg—. Demonios.

Se apresuró para cumplir con el cometido, para darle las noticias a nuestro tercero al mando y Amanda alzó su mano para cubrir su boca.

—¿Myntar?

—Sí.

Amanda dejó salir un grito ahogado, y me volví hacia ella.

—¿Estás bien?

—Sí, es que... Mara. La conozco. Ella es quien... ¿Él es el compañero de Mara?

Miré a Grigg a los ojos y él asintió. No era tiempo para secretos o verdades a medias. Suavicé mi tono cuando le respondí.

—Sí, compañera. Este es el segundo de Mara.

—Oh, Dios.

Grigg la llevó a la esquina de la pequeña área quirúrgica, su brazo descansaba alrededor de su cintura, mientras yo ponía toda mi atención en el guerrero cuya vida pendía de un hilo. Ahora estaba tumbado de lado, mi equipo había cortado la armadura que cubría su espina. La nueva cicatriz era claramente visible, la marca medía doce centímetros desde el extremo izquierdo de su espina, no demasiado lejos de su corazón.

—¿Campo de biointegridad? —pregunté mientras me colocaba a sus espaldas.

—Activado y completamente funcional, doctor.

El campo de energía que recubría su cuerpo prevendría

cualquier infección o contaminación cuando lo abriéramos. Di una vuelta a mis hombros, tratando de aliviar la tensión que me pellizcaba como tornillos microscópicos. Algunos días odiaba mi trabajo. Esto no era ser un doctor ni sanar a los enfermos, esto era ser un carnicero, y muchas veces, un asesino.

No derribaba a naves exploradoras del Enjambre ni los destrozaba con mis manos en el campo de batalla, pero causaba la muerte de muchos más de los que me correspondía, justo aquí, en una habitación diseñada para sanar. Y lo más sorprendente de todo era que cada uno de ellos me agradecería si pudiesen hacerlo.

Alguien me alcanzó un par de guantes quirúrgicos y metí mis manos en ellos mientras otro colocaba el bisturí iónico en una bandeja que estaba a la altura de la cintura. Cortar era algo terrible, iba más allá de lo cruel, pero era la única forma de extraer los objetos extraños que el Enjambre implantaba en nuestros guerreros, nuestras mujeres y nuestros niños.

—Bien, saquémosle la maldita cosa.

—Está estable.

Asentí y cogí el bisturí iónico. Elevando el dispositivo a la altura de la espalda de Myntar, lo corté lentamente, capa por capa, hasta que los huesos que revestían su espina dorsal se vieron a simple vista. Pero sabía que eso no sería suficiente. Seguí cortando el hueso hasta que vi lo que buscaba, el orbe plateado fijado en su espina dorsal; un sinnúmero de tentáculos microscópicos avanzaba hacia sus nervios, subiendo y bajando por su espina dorsal, introduciéndose en su sistema. Apoderándose de él.

A aquel extraño dispositivo le llamábamos el procesador núcleo, pues cualquier guerrero del Enjambre, desde el explorador más bajo hasta las clases de soldados más feroces dejaba de funcionar si no lo tenían. Una vez extraído, las mentes de los individuos se convertían en las suyas propias, silenciando el constante zumbido que sufrían al ser parte del colectivo.

No era fácil remover este aparato. Durante siglos probamos de todo. Cortarlo. Rasgarlo. Romperlo. Derretir el metal. No importaba qué tan delicado o qué tan brusco fuese nuestro método, el resultado siempre era el mismo.

O bien el hombre vivía, o moría en cuestión de minutos; una secuencia de autodestrucción activada por el resto de los implantes que se habían expandido a lo largo del cuerpo de la víctima. No era agradable a la vista, ni tampoco indoloro para la víctima.

—Lo veo, doctor.

—Sí.

Bajé el bisturí e introduje mis manos en la piel expuesta del guerrero. Envolví el orbe metálico con mis dedos, tenía una cuarta parte del tamaño de mi puño.

—¿Estáis listos?

Un coro de "síes" se escuchó a mi alrededor, apreté los dientes y tiré. Tiré con fuerza.

13

El brazo de Grigg era lo único que me mantenía de pie. El *compañero* de Mara. El segundo padre del pequeño Lan. Su familia estaba a punto de ser destrozada frente a mis narices y no podía hacer nada que no fuese imaginar el terrible dolor que sentiría al perder a uno de mis compañeros, al ver a Grigg o a Rav tan vulnerables, hecho añicos en aquella mesa.

No sabía con exactitud lo que le hacían al guerrero de Prillon, pero por la tensión en el aire y los rostros sombríos de los presentes en la habitación, sabía que no era nada bueno. Ignoré los sonidos del segundo equipo médico trabajando en el otro extremo de la habitación, ocupándose de otro guerrero que probablemente tenía una familia. Seres amados. No quería saber. Tenía suficiente con esto.

El hecho de que el hombre fuese un guerrero de Prillon era obvio, juzgando por su cabello dorado, sus facciones pronunciadas y su frente de un tono dorado oscuro. Pero más allá de eso, su piel había cambiado a un extraño color plata brillante. Antes de que lo hubieran derribado, todo su brazo izquierdo lucía como algo sacado de una película de terror robótica; había unos extraños dispositivos pequeños que emergían de su piel para pinchar, o tomar, o zumbar en el espacio como si fuesen moscas perdidas, chocando contra una ventana para intentar escapar hacia el otro lado.

Todo esto era tan extraño y triste.

—¿Qué le han hecho? —pregunté a Grigg entre susurros, pues Rav estaba completamente enfocado en su paciente y no quería distraerlo.

—Consumen otras razas e implantan tecnología que regula nuestros cuerpos. El procesador núcleo que Rav está extrayendo de su espalda se integra con la espina dorsal. Es un elemento biosintético que continua creciendo y expandiéndose con el paso del tiempo hasta que llega al cerebro. Cuando llega allí, ya no hay más nada que pueda hacerse.

—No comprendo.

No me permitía dejar de observar mientras Rav cortaba la espalda del guerrero. Incluso, me acerqué más cuando el brillo plateado de un objeto desconocido se hizo visible; se había fijado de algún modo en la espina del hombre. *El procesador núcleo*. Lucía totalmente extraño, mucho más siniestro que cualquier cosa que hubiera visto.

La mano de Grigg se posó en mi nuca, y me crucé de brazos, conteniendo la repulsión que sabía que sentiría pronto.

—Rav lo va a extraer. Cuando lo haga, lo sabremos en un par de minutos.

—¿Saber qué?

—O se despertará de su estupor y recordará quién es, en cuyo caso lo llevaremos a una cápsula ReGen para reparar el daño de su espina...

—¿O?

Le di un toque a Grigg con mi hombro, incluso, mientras me apoyaba sobre los fuertes dedos que masajeaban mi cuello.

—O se autodestruirá.

Me quedé sin aliento.

—¿Qué?

¿Qué rayos significaba eso? Abrí mi boca para preguntar algo más, pero todos mis pensamientos se desvanecieron cuando vi los músculos de Rav flexionándose mientras se sujetaba al extremo de la mesa y arrancaba, con un movimiento brusco del antebrazo, el orbe plateado de la espalda del guerrero.

—¡Contenedor! —gritó Rav, y uno de sus ayudantes vestidos de Grigg se apresuró llevando una pequeña caja negra.

Rav desechó el objeto plateado dentro de ella. Los tentáculos, que tenían hilillos similares al cabello, se agitaban en el aire como si estuvieran buscando otro huésped, otro cuerpo al cual invadir.

Esa cosa era mucho más terrorífica que la peor de las cucarachas gigantes que había encontrado bajo el fregadero de mi cutre apartamento en la universidad.

El oficial cerró la cubierta y se dirigió apresuradamente hacia la estación S-Gen que estaba en el centro de la estación médica. Con prisa, colocó su mano sobre el escáner y suspiré con alivio cuando la brillante luz verde apareció, y la caja con la escalofriante esfera plateada dentro desapareció para siempre. Eso es lo que esperaba.

Me di la vuelta para encontrarme con Rav terminando todo, pasando una pequeña vara ReGen sobre el corte que había hecho en la espalda del guerrero.

—¿Tiempo?

—Dos minutos.

Rav lucía tan triste y resignado, y por la ira e impotencia que sentía por medio del collar sabía que Rav no creía que el guerrero sobreviviera.

—Gíralo. Veamos si despierta.

Se apresuraron para hacer lo que Rav había dicho, y me mordí el labio, esperando para ver qué sucedería a continuación. Los dispositivos en el brazo del guerrero permanecían inactivos y me preguntaba qué sucedería si sobreviviera.

Entonces Rav me miró. Su mirada, a diferencia de la de Grigg, no tenía nada que ocultarme. Me dejó ver todo: el dolor, la ira impotente, el arrepentimiento de no poder hacer más por él. Lo podía *sentir*.

—Si sobrevive, extraeré tanto como pueda. Pero la mayor parte del daño es microscópico, los implantes biológicos que sean demasiado pequeños de rastrear o extraer estarán incrustados a sus músculos, sus huesos, sus ojos y piel; todo para hacerlo más rápido, más fuerte, para hacer que su visión sea exacta, y su piel, resistente a temperaturas extremas.

—¿Está... puedo...?

Demonios, ni siquiera estaba segura de lo que quería decir, pero quería observarlo más de cerca.

Grigg observó a Rav, quien asintió. Suspiró, probablemente dándose cuenta de que no podía protegerme de lo peor.

—Adelante, Amanda. Echa un buen vistazo a lo que el Enjambre puede hacer.

Di un paso adelante, mis piernas estaban rígidas y temblorosas al principio, pero aparté la oferta de Grigg de ayudarme. Quería ver esto por mi propia cuenta. Necesitaba hacerlo.

Di cuatro, cinco pasos, y me encontré al lado del gigantesco guerrero que yacía inconsciente. Lucía casi apacible, su extraño rostro plateado estaba en reposo. Mi mirada deambuló por los extremos de la mesa de examinación, asimilando todo lo que presenciaba: las extrañas piezas metálicas sujetas a su brazo, el tono plateado de su piel, la falta de reconocimiento y control que tenía antes de que lo salvaran. Se había vuelto loco, incoherente. Era tan irreconocible como... ¿Cómo qué? Había pensado como si fuera un humano, pero no lo era, ¿cierto?

Era un alienígena. Un guerrero de Prillon al cual algunos días atrás lo habría catalogado como enemigo. Invasor. Artista del timo.

Pero era el compañero de Mara. Era un padre. Un hombre de familia. Un guerrero que quería paz tanto como cualquier otro soldado de la Tierra.

Sentí vergüenza en mi corazón en el momento en el que me di cuenta de lo endemoniadamente pequeña que era la Tierra, y de lo mucho más pequeño que era nuestro supersticioso y temeroso intelecto.

Elevé la mirada para ver a mis compañeros y dejé que mi arrepentimiento, mi comprensión fluyera hacia ellos por medio de nuestro vínculo.

—Lo siento. No tenía idea.

Ambos se movieron, como si trataran de decidir qué era lo que me dirían ahora que ya no estaba resistiéndome a ellos, que ya no estaba resistiéndome a la verdad. Ver al compañero de Mara así lo selló. Cualesquiera que sean las dudas de la Tierra, ya no eran las mías. Sabía la verdad. La había vivido de primera mano. Le creía a la Coalición. Le creía a mis compañeros.

Tenía que contactar a la agencia tan rápido como me fuese posible, tenía que dejarles saber qué era lo que ocurría. La verdad.

El intercomunicador de la estación médica soltó un pitido, seguido por una voz que reconocí como la del capitán Trist.

—Comandante, te necesitamos en el puente. Tenemos a tres naves del Enjambre que se dirigen a nosotros desde tres sistemas distintos.

Grigg me miró y yo asentí, despidiéndolo con mi mano. Me encontraba bien. Lo necesitaban para que todos siguiéramos con vida. Mientras Rav salvaba vidas en la unidad médica, Grigg las salvaba dando órdenes, dirigiendo. Manejando la nave, el escuadrón. A todos nosotros.

—Ve. Te necesitan.

Asintió una vez, se fue caminando y me dejó con Rav.

El guerrero que había sido salvado se movió; un gruñido se escapó de su garganta cuando me incliné sobre él. Sus ojos se abrieron súbitamente y sentí cómo mis propios ojos se abrían ante el brillante destello plateado que recubría su iris, el mismo efecto que había visto en fotos de eclipses solares.

—Mara.

El guerrero llamó a su compañera, pero su mirada recaía sobre mí, y no lucía en lo absoluto como la alta mujer con cabello naranja y dorado que le pertenecía.

—Ya viene.

—¡Mara!

Su espalda se arqueó y tomé su mano instintivamente para ofrecerle consuelo. Tomó mi mano con tanta fuerza que casi me rompió los huesos de los dedos, pero lo sostuve firmemente y coloqué mi mano libre sobre su frente.

—Shh. Estás bien. Mara está en camino.
—Mara.

Se quedó inerte mientras lo sostenía, sus ojos se quedaron clavados en mi rostro mientras miraban al rostro de otra persona, y aparté el cabello de su frente con lo que esperaba que fuese una caricia tranquilizadora.

Un temblor se apoderó de su espina, extendiéndose hacia sus extremidades, y repentinamente Rav estaba allí, haciéndome retroceder y apartándome del guerrero que se estremecía y retorcía con dolor sobre la mesa.

—¿Qué le sucede?
—Está muriendo.

Rav me atrajo hacia su pecho, pero no me obligó a mirar a otro lado. No *podía* mirar a otro lado, pues los dispositivos conectados a su brazo se derretían, como si alguien hubiese arrojado ácido en el metal, cocinándolo con su cuerpo. Su piel también burbujeaba y se derretía, como si su interior estuviera hirviendo.

Sentí náuseas y me tragué la bilis que subía a mi garganta cuando su caja torácica colapsó, su pecho se derrumbó como si fuese una horrorosa escena que jamás imaginé que sucedería fuera de una película de terror. Las lágrimas surcaban mi rostro y Rav me levantó, apartándome al fin y colocando su alto y cálido cuerpo entre la espantosa escena que se desarrollaba en la mesa a sus espaldas y yo.

—Bien, Amanda, ya es suficiente.

Respiré su aroma, temblando como una hoja. Quería saber, y ahora lo sabía todo. Dios, ayúdame.

El olor de la piel del guerrero derritiéndose invadió mi cabeza y estuve a punto de vomitar; me sostuve desesperadamente del uniforme de Rav.

—No puedo respirar.

—Sácalo de aquí antes de que sus compañeros lleguen —ordenó Rav sobre su hombro mientras me escoltaba fuera de la habitación.

Antes de que llegáramos a la puerta me tropecé y él me atrapó, acurrucándome en sus brazos mientras me llevaba hacia la pequeña sala de examinación en donde los había visto a él y a Grigg por primera vez.

Cuando la puerta se hubo cerrado detrás de nosotros, estaba temblando.

—Tranquila, compañera. Todo está bien.

—Él... él burbujeaba.

Rav maldijo.

—Lo siento, Amanda. Traté de advertirte.

Y sí que lo había hecho mi compasivo Rav. Había discutido con Grigg, había intentado ocultarme aquella imagen. Sabía lo terrible que sería, ambos lo sabían.

Rav se sentó en una silla, haciendo que me sentara sobre su regazo mientras trataba de concentrarme en su aroma, en su calidez, en la fuerza de los brazos que me sostenían tan cerca de su propio cuerpo. Me aferré a su camisa como si fuese mi ancla. Respiré su esencia hasta que mi estómago se calmó y pude pensar nuevamente.

—No. Necesitaba saberlo. Tenía que verlo con mis propios ojos.

Extendí mi mano y deposité un suave beso sobre su cuello, envolviendo mis brazos alrededor de su cintura y presionando mi mejilla contra su pecho mientras me aferraba a él. Lo estaba apretujando, y me sentía temerosa de que me apartara y regresara a hacer su labor, tal como Grigg se había visto obligado a hacer. Tantas personas dependían de mis compañeros. ¿Y qué era yo? Nada. Una distracción. Era una mujer débil que ahora mismo vendería su alma, si era necesario, para que su otro compañero la sostuviera, tal como Rav lo hacía.

Quizás había vendido mi alma. No había sido emparejada porque quisiera compañeros. Lo hice porque era una espía. Había sido una espía durante años. Pero mientras me aferraba a Rav, me di cuenta de que había perdido mi alma en alguna parte del camino. No tenía nada ni a nadie en mi vida. Me había casado con mi trabajo, era incapaz de confiar en alguien, no me arriesgaba a salir lastimada. Pero ahora, ahora tenía a Grigg y a Rav, y Rav se sentía *tan* extremadamente bien, tan sólido, tan real. Se sentía mucho mejor que el antiguo confort que me ofrecía el gobierno de los Estados Unidos.

—¿Cuántas veces has tenido que ver eso? ¿Sucede muy a menudo?

—¿Ver a un buen hombre morir?

—Sí.

—Myntar fue el número doscientos setenta y tres. Pero la mayor parte de los guerreros capturados por el Enjambre nunca se salvan. Luchamos contra ellos en el campo de batalla, y no aquí en la estación médica.

Rav soltó un bufido, mientras mi mente daba vueltas. ¿Los tenía contados? ¿Cada vida era tan preciada que no quería olvidarla?

—Y no estoy feliz de que tuvieras que ver eso una vez.

Suspiré, y aspiré su aroma.

—Lo sé. Siento ser tan testaruda. Lo siento. No soy nadie, Rav. Hay tantas personas que os necesitan, a ti y a Grigg. Ni siquiera debería estar aquí. Solo soy una distracción para vosotros. Una molestia que no necesitáis. Dios, lo siento. Siento todo lo que ha ocurrido.

Rav elevó su mano hasta mi cuello, su palma se deslizó bajo mi barbilla y la levantó para que lo mirara a los ojos.

—Nunca te disculpes de nuevo. Eres perfecta. Amo tu fuego, tu mente tan fuerte. Te necesito, compañera. Grigg te necesita. Antes de ti, ambos estábamos perdidos.

¿Ellos estaban perdidos? Era algo de lo que reírse. Tenían un propósito.

—No, Rav. Ambos sois tan fuertes, una gran responsabilidad recae sobre vuestros hombros. No me necesitáis aquí distrayéndoos. He sido una idiota. Todo lo que hecho es empeorar las cosas, hacer todo más complicado para vosotros dos.

Sus labios se acercaron a los míos, entablando una suave caricia que era más reverencial que sexual. Su boca era suave y tibia, delicada. Mis ojos se llenaron de lágrimas ante su completa dedicación, adoración y un anhelo desesperado por ser amado, los cuales inundaron nuestra conexión. Estaba herido por la muerte de Myntar, también, pero no lo mostraba. Tenía el beneficio del collar, que me hacía notar su dolor, su necesidad por mí. Yo era quien debía calmarlo, quien debía amarlo.

—Conrav —susurré su nombre, elevando mis brazos para enredar mis dedos en su cabello mientras lo acercaba a mí, acerqué su rostro a mi cuello y lo abracé como percibí que lo necesitaba.

Mi enorme compañero guerrero. Me necesitaba, no había dicho las palabras solo para hacerme sentir mejor o convencerme de que me quedara.

Lo sostuve, acaricié su cabello con mis dedos una y otra vez con una caricia tranquilizadora, amándolo lo más que pude. Su cabello dorado pálido se asemejaba a pequeños hilos de seda entre mis dedos.

—Tu cabello es tan suave.

Eso hizo que riera mientras sus delicadas manos acariciaban mi espalda de arriba abajo de manera reconfortante.

—Te necesito, Amanda. Ambos te necesitamos. Ni Grigg ni yo somos buenos expresando nuestros sentimientos con palabras. Así que gracias a los dioses por los collares —dijo, y me besó—. Sí, te amo. Demonios. Amo tu cuerpo, tu húmedo sexo, los sonidos que haces cuando te hacemos el amor, pero hay muchas más cosas además de eso. Te necesito así, suave y gentil. Necesito sentir tu amor calmando el fuego que inflama mi alma. Necesito que me sanes, aunque no esté realmente lastimado. Necesito que me sostengas y que no te muevas, así como lo haces ahora. Grigg también lo necesita, incluso más que yo. Su ira es como un volcán en su interior. Te necesitamos. Dios, por favor, Amanda. No puedes dejarnos.

Nunca había considerado quedarme por siempre; incluso cuando me enteré de que no podía regresar a casa, mi mente no se había ajustado a la idea de comprometerme con mis compañeros, de escogerlos. Pero me habían dado todo lo que había pedido, todo lo que necesitaba para ser libre, para tomar mi propia decisión. Durante años, mi vida había girado en torno a mi trabajo y solo a mi trabajo. Y en ese momento supe, sin ningún asomo de dudas, cuál sería mi decisión.

—No iré a ningún lado. Eres mío, Rav. Tú y Grigg sois míos.

Mi voz era mucho más fuerte ahora que estaba decidida. Segura.

—Necesito hablar con la Tierra, decirles lo que he visto aquí. Necesitan saber la verdad.

—No te escucharán —Rav levantó su cabeza de mi hombro y me miró a los ojos—. Tratamos de decirles. Les mostramos los cadáveres de guerreros como Myntar, les mostramos imágenes de las batallas, de las naves exploradoras del Enjambre, de sus Unidades de Integración. Todo.

Me quedé rígida, y la ira se apoderó de mí.

—¿Qué vosotros qué?

No me habían dicho nada de eso. ¿Cadáveres? ¿Vídeos de las instalaciones y naves del Enjambre? ¿De los soldados del Enjambre en combate activo?

—Le dimos todas las pruebas que podrían necesitar. No están interesados en escucharnos.

Aunque no quería creerlo, sabía que Rav estaba diciendo la verdad. No necesitaba la seguridad de las palabras que provenían del collar para hacer que le creyera.

—Si tenían la prueba, ¿entonces para qué me enviaron? ¿Qué querían?

Rav depositó un suave beso sobre mis labios; su mirada estaba nublada.

—No lo sé, compañera. Tú dime.

Ah, ya lo sabía. Armas. Querían armas. Tecnología. Cualquier cosa que los hiciera estar un paso más adelante en su batalla por la dominancia en nuestro pequeño planeta celeste. Mi presencia aquí no tenía nada que ver con la Coalición o con la llegada de los hombres del espacio. Todo se trataba de las mezquinas guerras de la Tierra, de su eterna lucha por el poder.

Después de todo lo que había observado, su obsesiva lucha por la supremacía era cómica. Había tanto, tanto aquí que los humanos, con sus insignificantes peleas, aún no comprendían.

—¿Cuándo llegarán los primeros soldados de la Tierra?

—Pronto. Mañana.

Demonios. No tenía demasiado tiempo.

—Quiero conocerlos primero, hablarles. Y...

Mi voz se apagó mientras sopesaba lo que debía hacer para convencer a los soldados que llegaban a la Tierra de que la amenaza era real.

—¿Y?

—Y quiero que vean el cuerpo de Myntar. Quiero que vean qué sucedió. ¿Tienes el vídeo registrado? ¿Hay cámaras en la estación médica?

Rav gruñó, y sentí su total disgusto ante la idea.

—Todo lo que sucede en esta nave está grabado.

¿Todo? Demonios. No me habían contado esa parte. Pero eso era una preocupación para otro día.

—Déjame mostrarles, Rav. Conozco a estos tipos, conozco cómo son. Viven bajo un código de honor sólido. Su lealtad es absoluta. Me escucharán.

—Espero. Realmente lo espero. Porque si siquiera te miran, si Grigg cree que son una amenaza, los matará.

Un escalofrío recorrió mi cuerpo, pues sabía que Rav decía la verdad. La paciencia de Grigg se había estado agotando por mí, por la ridícula actitud que tenía la Tierra, y por las bajas del día a causa del Enjambre.

—No lo harán.

—Bien. Pero debes saber, amor, que si la Tierra trata de meterse con la flota de la Coalición, perderán.

—¿La Coalición Interestelar permitiría que el Enjambre nos capturara? ¿Permitirían que destruyeran la Tierra?

La idea era terrorífica, pero no sabía lo que decidiría el Prime del planeta natal de Rav o los líderes de los otros planetas si los líderes de la Tierra no dejaban de pensar con el culo. La Tierra era tan pequeña, y estaba tan, tan lejos.

—No. Los protegeremos aunque no lo merezcan. Hay millones de personas inocentes en tu planeta que necesitan ser protegidas.

—¿Pero qué sucedería con nuestros soldados? Sabes que los líderes de la Tierra no dejarán de intentar poner sus manos sobre vuestras armas. Un piloto humano podría robar una nave fácilmente. ¿Por qué dejarlos venir? No lo comprendo.

Rav acarició mi mejilla y explicó.

—Debes comprender que estamos muy, muy lejos de tu hogar. Si un piloto humano robara una nave, jamás saldría de este sistema con vida. La luz de nuestra estrella tarda miles de años en alcanzarnos. Hay doscientos sesenta planetas miembros en la Coalición, y la mayoría está en distintos sistemas solares. La Flota protege a un trillón de seres, a miles de mundos separados por una vasta extensión de espacio. Vivimos y luchamos y morimos, y la mayoría de nosotros jamás deja su sector del espacio. Somos una vasta red que se extiende por distancias inimaginables contactadas solo por medio de nuestra tecnología de transporte.

—Entonces, ¿cómo llegué hasta aquí?

—Nuestro sistema de transporte usa los pozos gravitacionales que están alrededor de las estrellas y los hoyos negros para acelerar nuestros viajes y comunicaciones. Te trasladaste hasta aquí como un rayo de energía pura con una velocidad que no puedes comprender. Nuestro transporte y estaciones de comunicaciones son muy seguros y están custodiados por batallones enteros de guerreros. Tus ingenuos espías humanos no podrían penetrar en nuestro sistema ni siquiera si les enseñáramos la puerta y los atáramos a los paneles de control. Las cápsulas de transporte son controladas por escáneres biológicos y unidades neuronales implantadas directamente en el cerebro de nuestros técnicos. No hay manera de que tu gente se infiltre en nuestra seguridad. Ni siquiera el Enjambre ha podido hacerlo, y su raza es mucho más avanzada que la de los humanos en la Tierra.

—Entonces, ¿no hay ninguna manera de enviar algo a la Tierra sin permiso, ni siquiera un simple mensaje?

—No. No la hay. Pero tu Tierra no es el primer mundo que duda de nuestras intenciones. Tus líderes cambiarán de opinión eventualmente. Siempre lo hacen.

Rav me besó nuevamente y me derretí en sus brazos. Nuestro abrazo fue uno lleno de tranquilidad y cuidado; no como uno luego de tener sexo como conejos, aunque Rav era endemoniadamente bueno en eso, también.

—Te amo, Amanda. Pase lo que pase, quiero que lo sepas.

No tenía palabras para él. No todavía. Pero lo sostuve cerca de mí por un largo rato, ambos estábamos perdidos en nuestros propios pensamientos, la conexión entre nosotros estaba abierta y repleta de ternura, de amor, cuando me permití creer que era mío y que podía quedarme siempre con él; cuando me permití enamorarme de él hasta los tuétanos, completamente y sin ningún tipo de barreras.

14

 *rigg*

El comedor estaba repleto, y la cantidad de personas que se detenían para saludar a Amanda comenzaba a sacarme de mis casillas. En menos de una hora, los primeros soldados de la Tierra llegarían en los transportadores; y mi hermosa y tierna compañera me había convencido, de algún modo, de no matarlos.

—Señorita Zakar, Comandante, Doctor.

El capitán Trist hizo una reverencia al levantarse del lado opuesto de la mesa redonda; su bandeja estaba vacía.

—Debo presentar un informe al puente de mando.

—Capitán —incliné mi cabeza mientras se iba.

A menudo comía aquí, pero antes de la llegada de Amanda, la mayoría simplemente asentía en silencio y pasaba de largo. Hoy, me sentía como si estuviera en el centro de un evento de una sola mujer.

Todos querían conocer a nuestra compañera, saludarla, decir sus enhorabuenas. Amanda lo tomó con calma, pues estaba sentada conmigo a su derecha y con Rav a su izquierda. Nadie se acercó tanto como para tocarla. Los eventos de ayer seguían estando demasiado frescos como para que Rav o yo la perdiéramos de vista.

Los había sentido conectándose, reconfortándose el uno al otro; el pacífico torrente de emociones me reconfortaba, incluso, mientras me encontraba en el puente de mando, desde donde había enviado más de cien pilotos al combate. Habíamos perdido a una docena de ellos, pero habíamos hecho retroceder la invasión del Enjambre.

La guerra seguía. Seguía y seguía, maldición. Había estado luchando desde que era un muchacho; mi padre me arrastró con él al puente de mando cuando era solo un niño, para enseñarme estrategias. Para enseñarme cómo ejecutar un golpe mortal, cómo matar sin misericordia. Había estado luchando por veinte años, y cada una de las muertes hacía mella en mi alma. Estaba estropeado, agobiado.

Antes de que apareciera Amanda, me había obligado a luchar por el deber y el honor. ¿Ahora? Ahora solo luchaba por ella, y mi determinación de hacer retroceder las fuerzas del Enjambre, de protegerla tanto a ella como a toda mi gente, se posó como una montaña sobre mi pecho, imposible de mover y sin misericordia. Podría luchar por siempre solo por ella.

Ella jugaba con la comida en su plato; una expresión de disgusto se reflejaba en su hermoso rostro, y me di cuenta de que no había pensado en averiguar qué le gustaba comer a las personas de la Tierra.

—Lo siento, Amanda. Debí haber pensado en ordenar platos terrícolas para los programadores de las unidades S-Gen. Solucionaré esto de inmediato.

Apoyó su cabeza contra mi hombro, tocándome con aquella tranquilidad y familiaridad que estaba comenzando a anhelar.

—Está bien, Grigg. Tienes cosas más importantes de las que ocuparte que mis papilas gustativas.

—No, amor. Por supuesto que no. Tú eres lo único que me importa.

Lo decía en serio. Si la perdía, no tendría motivo alguno para seguir luchando. Estaría acabado.

Sus ojos se abrieron cuando fallé en contener mis emociones, pero ya estaba harto de esconderle la ferocidad de mi devoción, de mi anhelo. Rav se movió en su asiento y estaba seguro de que él también lo había sentido, pues el vínculo creado por nuestros collares era una bendición y una maldición al mismo tiempo. Lo fulminé con la mirada, retándolo a decir algo.

Lo que, por supuesto, sí hizo.

—Te lo dije, amor.

Ella sonrió, y su sonrisa se transformó en una pequeña risa.

—Sí, lo dijiste.

Sostuve su rostro entre mis manos y la besé una, dos veces. Justo allí, enfrente de todos, mientras un silencio anormal reinaba en la sala.

—¿Qué te ha dicho? —susurré.

La sonrisa reservada de Amanda destilaba misterio femenino, y deseaba poder arrojarla sobre la mesa y follarla hasta que escupiese la verdad.

Dios, necesitaba controlarme, pero sabía que no podría frenar mi naturaleza dominante hasta que ella fuese nuestra por siempre, hasta que nuestra ceremonia de reclamación haya sido completada; hasta que su collar se haya vuelto azul oscuro.

Rav me salvó de hacer el ridículo en medio del endemoniado comedor.

—Le he dicho que eres un patético y desesperado desastre.

Pensé en desmentir sus palabras, pero el suave resplandor en los ojos de Amanda, la aceptación total que vi en su mirada, me hizo detenerme en seco. Lo sabía. Ya sabía la verdad.

—Sí, lo soy.

Admitirlo no me hizo sentirme débil. No me hizo ser la cosa en la que mi padre había dicho que me convertiría. En vez de esto, me hizo ser más fuerte, pues sabía que Amanda y Rav estarían allí para mí, apoyándome y alentándome. Amándome, sin importar la dificultad que estuviésemos atravesando.

La confesión hizo que ella sonriera de nuevo, y dejó escapar un suspiro que me hizo sentir como si hubiese conquistado toda la comunidad del Enjambre. La besé nuevamente, acercándola a mí tanto como me atreviera a hacerlo en un lugar público.

Cuando la dejé ir, ella sonrió y se volvió hacia Rav; lo besó, también, asegurándose de que supiera lo que significaba para ella.

Radiante de felicidad, se obligó a comer otro trozo de los cubos ricos en proteína; sus ojos escaneaban a la multitud que, repentinamente, había encontrado otra cosa que hacer, y otro lugar al que mirar. Pero la sala se *sentía* más liviana, más tranquila, más contenta.

Quizás solo era yo.

Amanda dio un respingo y se puso en pie. Me levanté instantáneamente, y Rav lo hizo una milésima de segundo más tarde. Ambos estábamos listos para arrancar la cabeza de lo que sea que la haya asustado, pero no era pánico lo que percibía por medio de mi collar, era tristeza.

Confundido, bajé mi mirada hacia mi compañera mientras ella colocaba una mano sobre mi hombro; me indicó que me quedara allí, y luego se alejó, dirigiéndose hacia una pareja con un niño pequeño que acababa de entrar al comedor.

Reinó el silencio mientras mi compañera se acercaba al capitán Myntar y a su compañera; todo el mundo estaba observando, esperando para ver que haría Amanda a continuación.

No dijo nada, pero su mirada y la de la enorme mujer de Prillon se cruzaron por pocos segundos antes de que Mara se inclinase hacia adelante y colapsara, sollozando con fuerza entre los brazos extendidos de Amanda.

Como si una represa se hubiese quebrado, todas las personas del comedor se habían puesto de pie y rodeaban a Myntar, a su compañera y a su hijo, ofreciendo apoyo y compartiendo su dolor. Mi pequeña compañera humana estaba en medio de la multitud, afianzando a mi gente y convirtiéndola en una familia mucho más fuerte de lo que jamás había sido.

—Dios, terminará por matarme con ese corazón tan blando que tiene.

Rav estaba frotando su pecho, tratando de aliviar el dolor agudo y punzante que sabía que debía estar sintiendo, porque el dolor de Amanda era nuestro dolor, y realmente tenía el corazón roto por Mara, Myntar y el pequeño Lan.

—No teníamos un corazón antes de ella —dije.

—Eso es cierto.

Rav giró y torció su cabeza a ambos lados, crujiéndose la espina para aliviar algo de tensión.

—Tengo que ir a la unidad médica y preparar el cuerpo —se volvió hacia mí—. ¿Estás seguro de esto?

—Sí. Y ella también.

Rav asintió, dándome una palmada sobre el hombro mientras caminaba.

—Te veré allí.

Lo seguí y esperé pacientemente a su lado hasta que la multitud se dispersara, pues queríamos alcanzar a la pequeña familia que estaba en el centro.

—Lo siento, amigos míos —di unas palmadas sobre el hombro del capitán e hice una reverencia ante la señorita Myntar, y entonces Rav se colocó a mi lado; su tristeza se reflejaba claramente en su rostro.

Había hablado con la pareja la noche anterior, cuando tuvo que explicarles con exactitud lo que había sucedido. Rav había regresado a nuestra habitación luciendo andrajoso y triste, y se refugió en los brazos de Amanda.

Mara soltó a mi compañera y se limpió las lágrimas que asomaban en sus ojos para observarnos.

—Sabemos que no había más nada que hacer, pero muchas gracias —miró a todas las caras que la rodeaban, que ofrecían apoyo, guiados por su nueva señorita, el nuevo corazón del batallón—. Gracias. Estoy orgullosa de ser una novia de Prillon.

Su mirada se enfocó en Amanda, y luego continuó:

—Y estoy feliz de llamarte amiga.

Amanda apretó su mano por última vez y caminó hacia nosotros, sus compañeros, en donde esperábamos por ella; y así me di cuenta de que siempre la esperaría, siempre la protegería, y siempre la amaría. Tomé su mano mientras seguíamos a Rav a lo largo de la sala y le agradecíamos a los dioses por los protocolos de emparejamiento que le habían traído hacia mí, mi novia perfecta, mi compañera.

Amanda

Esperé en silencio frente a la sala de reuniones que Grigg me había contado que se utilizaba normalmente para las reuniones de las alas de combate antes de una misión. Había doce largas mesas con tres sillas tras de ellas, a modo de un salón de clases; en el frente de la habitación, un enorme monitor de comunicaciones estaba enclavado sobre la pared.

Cuando estuviera lista, todo lo que tenía que hacer era pedir una comunicación con Robert y Allen en la Tierra. No tenía idea de cómo funcionaban sus servicios de comunicaciones a lo largo del vasto territorio espacial, y no me importaba. Todo lo que sabía era que podía hablarles en tiempo real e intentar hacerlos entrar en razón.

Le había advertido a Grigg que no escucharían, que su enfoque yacía en la Tierra únicamente y en las discusiones de allá, así que sugirió que entrara en contacto con los equipos de Inducción Planetaria de la Coalición, y que les explicara el subterfugio de la Tierra. Me senté a su lado esta mañana, en mi primera teleconferencia desde el espacio sideral, y expliqué los miedos y dudas de las personas con las que trabajaba a un comité de razas mixtas y extrañas criaturas a las que apenas podía comprender. Habían escuchado con atención, incluso los que estaban a años luz de distancia, y estábamos en alerta para aliviar a los representantes de la Coalición, quienes eran mucho más diplomáticos, y quienes trataban, en vano, de lidiar con los líderes terrícolas testarudos.

Les conté todo lo que sabía, confiando en Grigg y en estos extraños que tenían el futuro de la humanidad en las palmas de sus manos. Si tenía dudas, todo lo que necesitaba era revivir el recuerdo de la piel burbujeante de Myntar, sus gritos de dolor mientras los implantes del Enjambre que estaban dentro de su cuerpo le quitaban la vida. Cuando pensaba en algo así sucediéndoles a todos los ciudadanos inocentes de la Tierra, me ponía erguida y sacaba el pecho. Tenía que proteger a mi gente, incluso si no comprendían qué era lo que estaba haciendo.

La puerta se abrió, y Grigg entró a la habitación seguido por Rav; inmediatamente me dirigí hacia mis compañeros, agradecida, mientras sus brazos se enredaban alrededor de mí, envolviéndome hasta que me sentí segura y amada, mucho más fuertemente ahora que los tenía a mi lado.

—¿Ya han llegado? —pregunté.

Grigg suspiró.

—Sí. Justo ahora están pasando por el procesamiento. Luego, los llevaremos a la estación médica, y después serán todos tuyos.

—¿Cuánto tardará eso?

—Unos veinte minutos. No les haremos el examen completo, solo verificamos que estén lo suficientemente saludables como para sobrevivir al viaje de regreso.

Grigg había asegurado que el transportador estaba listo para enviarlos de regreso. Estaba dispuesto a permitirme que me reuniera con los soldados de la Tierra, pero no estaba de acuerdo con dejar que se quedaran. Sabrían la verdad, verían el cuerpo de Myntar, la grabación de su muerte, y luego regresarían y les contarían a los demás lo que habían visto. Ayudarían más a la Coalición solo con esta tarea que luchando contra el Enjambre durante los dos años de su tiempo de servicio.

Asentí, apartándome de sus brazos. Sequé mis palmas sudorosas en los muslos de mi uniforme azul oscuro. Estaba orgullosa de vestir con el color de mi familia, y aún más orgullosa de la nueva insignia que relucía sobre mi hombro izquierdo.

Grigg me había nombrado oficialmente señorita Zakar y había actualizado los sistemas de la nave para permitirme el acceso a cualquier cosa, incluyendo los sistemas, armas, historiales, e información médica de la nave. Todo lo que necesitaría para traicionarlo. Su confianza en mí, en *nosotros*, era esencial. Lo había hecho, y entonces me besó hasta la locura. Ahora podía emitir órdenes a cualquier persona en el batallón, a cualquier persona excepto a él.

Lo cual estaba bien. Su manera de ser, dominante y mandón, me hacía temblar con anticipación, porque en cuanto esto acabara, en cuanto los hombres de la Tierra supieran la verdad y estuvieran de regreso, completaríamos la ceremonia de emparejamiento. Les había dicho que estaba lista, que aunque habíamos hablado de nuestro amor, aunque lo habíamos sentido por medio del collar, la ceremonia de unión lo haría todo oficial. Quería que mi collar fuese del mismo color que el de ellos. Quería pertenecerles por siempre, así como ellos me pertenecerían.

—Terminemos con esto para que pueda tomarte.

Les recordé, a propósito, lo que iba a ocurrir pronto, y sentí una oleada de calor por medio de mi collar. Ambos hombres me miraron con miradas encendidas; miradas que actuaban como promesas de su propia necesidad por terminar de reclamarme.

—¿Comandante Zakar?

La voz del oficial de comunicaciones llenó la habitación.

—¿Sí?

—El general Zakar pide hablar con usted, señor.

Grigg suspiró y alzó su mano para masajearse la nuca, mientras que los ojos de Rav se entrecerraron, irritados. Sintiéndome curiosa, me contenté cuando Grigg dio la orden de poner a su padre al habla en el monitor que estaba en el frente de la sala.

—¿Comandante?

—¿Sí, General?

Grigg dio un paso al frente hacia el centro de la habitación, para que su padre pudiese verlo con facilidad y analicé al guerrero, mucho más viejo, que se veía en la pantalla. Sus rasgos eran similares a los de Grigg, pero el color de piel del General era mucho más oscuro, como de color bronce bruñido, casi cobrizo. El uniforme que usaba era uno que reconocía, era la armadura de un guerrero, pero ya no era negra, sino que tenía el mismo tono azul que el mío, el azul de los Zakar.

—¿Cómo te atreves a ocultarme el hecho de que tienes una compañera? Tuve que escuchar sobre esto por medio del personal médico.

Grigg apretó la mandíbula y sentí la presión desprenderse de él como si fueran olas. Era enojo.

—Mi compañera nunca fue un secreto, padre. Simplemente no pensé que te interesaría.

El General se inclinó hacia adelante, entrecerrando los ojos para observarme mejor allí en donde estaba, cerca del fondo de la sala. Miré a Rav, quien se encogió de brazos y me habló en voz baja para que los monitores no registraran su voz.

—Adelante, si quieres. Pero es un imbécil.

Eso fue suficiente para mí. No iba a dejar que mi Grigg enfrentara esto solo. Ya no más. Di un paso al frente, con la cabeza en alto, y tomé la enorme mano de Grigg entre las mías. El General me echó un vistazo, y yo lo observé también. No era nada para mí, y si hería a mi compañero, entonces sería mi enemigo. Aun así, este era mi suegro. Los modales requerían que fuese educada.

—General. Es un placer conocerle.

Se tomó su tiempo para detallarme, como si estuviese inspeccionando una yegua de raza para su precioso semental.

—Servirá, aunque desearía que hubieses escogido una compañera de Prillon.

—Fue asignada a mí por medio del Programa de Novias. Asumo que reconoces su tasa de éxito. Eso debería ser suficiente para que estés satisfecho. Para mí, es mi compañera ideal. No escogería a nadie más.

Su padre se cruzó de brazos, refunfuñando, y frunció el ceño.

—Bien, Comandante. Folla con quien sea que quieras. No me importa mientras pueda engendrar. Me transportaré inmediatamente para atender la ceremonia de reclamación.

Rav bufó a mis espaldas.

Esto, bueno. No. De ningún modo permitiría que mi suegro observara la ceremonia de reclamación. Era asqueroso, y en general, escalofriante.

Su protesta cayó en oídos sordos mientras la ira de Grigg lo consumía. Dio un paso al frente muy delicadamente y usó su brazo para ocultarme detrás de su espalda, lejos de la mirada de su padre.

—No.

—¿Qué me has dicho?

El cuerpo de Grigg se tensó con ira, y me quedé allí como él quería, feliz de estar contra su cuerpo, de apoyar mi frente contra el centro de su espalda para que supiera que estaba allí, para que supiera que estaba con él.

—Dije que no, padre. Se acabó.

Oí un movimiento y sentí a Rav acercándose mientras se posicionaba al lado de Grigg, estando de pie junto a él mientras rechazaba a su padre.

—¿De qué estás hablando? ¿Se acabó? ¿Qué clase de ridículo juego estás jugando conmigo, muchacho?

Había esperado que Grigg explotara con una furia salvaje, pero me sorprendí cuando lo contrario sucedió. Era como si toda la ira se hubiera drenado de su cuerpo, dejándolo en calma y relajado.

—Amanda es mi compañera y no la someteré a tu presencia. Pero estoy harto de ti. Tengo tu sangre, y siempre honraré a nuestra familia. Pero no soy tu hijo, y no eres bienvenido a bordo en mi nave. Si necesitas comunicarte conmigo de nuevo, podrás enviar un mensaje por medio de mi oficial de comunicaciones. No tengo ningún deseo de volver a hablar contigo nunca más.

El General se encendió en ira, pero Grigg solo caminó y colocó su palma sobre un pequeño mando de control. En la sala reinó un silencio reconfortante.

Lo seguí, envolviendo mis manos alrededor de Grigg mientras el sentido de satisfacción de Rav se mezclaba con la resignación de Grigg.

—Ya era tiempo, joder.

—Sí, lo era.

Las manos de Grigg se posaron sobre las mías encima de su abdomen y las apreté ligeramente. No comprendía del todo lo que acababa de ocurrir, pero basándome en las reacciones de mis compañeros, era algo bueno que debiera haber ocurrido desde hacía mucho tiempo.

Quería preguntarles, pero el sonido de hombres hablando —¡en inglés!— llegó a mis oídos, y solté a mis compañeros para luchar contra mis propios demonios.

Tal y como lo habíamos planeado, caminé al frente de la habitación en donde cada uno de los soldados de operaciones especiales que habían llegado de la Tierra pudiesen observarme. Entraron a la habitación y se sentaron en las mesas; sus ojos eran oscuros y sus expresiones, sombrías. Tal como lo había esperado. Eran *SEAL* y *Rangers*, espías y asesinos.

Pero por la mirada cautelosa que más de uno tenía plasmada en el rostro, sabía que el cuerpo magullado de Myntar no era lo que habían esperado ver en su primera hora en el espacio.

Bienvenido a las líneas de fuego, chicos.

Grigg y Rav se dirigieron a la pared del frente, cada uno de ellos a cada lado del enorme monitor, en donde me ofrecían su apoyo silencioso. Estaban dejando esto en mis manos, gracias a Dios, pues la idea de Grigg respecto a la diplomacia era torturar a todos y cada uno de los hombres para extraer información antes de enviarlos a la Tierra dentro de bolsas para cadáveres.

Me había tomado casi media hora para que desistiera de la idea, pero tenía razón. La Tierra era parte de la Coalición Interestelar ahora, o bien estábamos "dentro", o estábamos "fuera." No había un término medio, no cuando el riesgo que representaba el Enjambre amenazaba con destruirnos.

Cuando todos estuvieron dentro con la puerta cerrada, me volví hacia ellos; ver tantos rostros humanos nuevamente se sentía extraño. Parecían... extraterrestres.

—Caballeros, ¿asumo que tenéis preguntas?

Pasé la siguiente hora contándoles quién era yo, para quién trabajaba, la misión para la cual había sido asignada, y todo lo que había descubierto desde ese entonces. Habían visto la grabación de la muerte de Myntar, habían visto repeticiones de varias batallas, vídeos, estadísticas sobre los movimientos y números del Enjambre, y, también, por cuánto tiempo se había extendido esta guerra... más de mil años.

Cuando terminé, miré a cada uno de los hombres a los ojos y no aparté mi mirada de ellos.

—Sé con seguridad que, por lo menos, dos de vosotros habéis sido enviados aquí por la misma razón que yo, bajo órdenes directas del Director para recopilar información y conseguir cualquier clase de armamento, tecnología o información que la agencia pueda considerar útil.

Moví mi pie mientras me inclinaba hacia adelante; mis manos descansaban sobre la mesa que estaba frente a mí.

—Pero ahora vosotros, tal como yo, conocéis la verdad. Habéis visto la amenaza con vuestros propios ojos. ¿Os importaría venir aquí?

Cuando reinó el silencio en la sala, tal y como lo había esperado, le asentí a Grigg para que supiera que estaba lista. Ordenó que el intercomunicador conectara mi llamada. A mis espaldas, la pantalla se iluminó con una escena de la Tierra, Robert y Allen sentados alrededor de una pequeña mesa junto a un hombre que reconocía como el Secretario de Defensa.

15

Me volví hacia ellos para observarlos.

—Caballeros.

—Señorita Bryant, ¿qué significa todo eso? Hemos estado esperando aquí durante una hora. ¿Por qué nos está contactando? Esperábamos hablar con un oficial del batallón Zakar.

Resistí el impulso de poner los ojos en blanco. Casi. Era poco femenino, pero la falsa preocupación de Robert y su intento de actuar como el oficial confundido y perplejo me sacaban de quicio. Durante años, había creído cada una de sus palabras, y ahora veía cómo era realmente. Un burócrata egoísta que haría cualquier cosa por su propio beneficio personal o profesional.

—Soy la señorita Zakar, del batallón Zakar, una orgullosa novia guerrera de Prillon Prime. ¿Y sabes qué, Robert? Ya no trabajo más para ti.

Extendí mi mano como si fuese un arco para señalar a todos los hombres que se encontraban sentados a mis espaldas.

—Estos hombres saben la verdad, caballeros, y regresarán a

casa en el siguiente transportador. Han visto los cuerpos, han visto lo que el Enjambre puede hacer, de la misma manera en la que yo lo hecho.

Robert estaba farfullando, pero fue el Secretario de Defensa quien lo hizo callar, manteniendo su foco y yendo directo al grano.

—¿Cuál es el propósito de esta llamada?

Quise golpearlo en el rostro por ser tan endemoniadamente testarudo, tan jodidamente estúpido, pero lo comprendía. Era un hombre tratando de hacer su trabajo, un hombre que había defendido a su país durante décadas. Y eso era un pozo muy, muy profundo, una arraigada manera de pensar de la cual resultaba muy difícil desprenderse. La Tierra era su problema. No el espacio exterior. Por lo menos, no hasta ahora.

—Señor Secretario, he sido enviada como la primera novia para determinar el alcance de la amenaza del Enjambre para la Tierra, y para descubrir tanto la fuerza como la intención de la Flota de la Coalición Interestelar, o bien para proteger, o bien para conquistar nuestro planeta.

—¿Y qué ha descubierto?

—La amenaza que representa el Enjambre es muy real, y nos sería imposible sobrevivir. Sin la protección de la Coalición, nos enfrentaríamos a una completa aniquilación de la raza humana en cuestión de meses.

—Y esto lo sabes con seguridad.

Asentí una vez.

—Sí, señor. Lo sé.

Mi convicción lo sorprendió, y observé cómo los engranajes de su cabeza se movían detrás de la superficie reflectora de sus gafas mientras sopesaba la veracidad de mis palabras y sus implicaciones. Pero aún no terminaba con él.

—Lo que me gustaría saber es cómo puede ser tan endemoniadamente testarudo como para enviarme a esta misión, cuando lo que debería estar haciendo es reclutar y entrenar a soldados para que ayuden a salvar nuestro planeta, señor.

—Tenemos las fuerzas militares más fuertes del mundo…

Lo interrumpí antes de que pudiese seguir vomitando la propaganda usual.

—Sí, del mundo. En la Tierra. Ya no está en Kansas. Sé que la Coalición le mostró cadáveres contaminados, grabaciones de batallas, información sobre los sistemas y territorio del Enjambre. Pero ya que no ha respondido adecuadamente a las peticiones de honestidad y cooperación de la Coalición, he contactado al Equipo de Inducción Planetario. Llegará a la Tierra en tres días para enderezaros.

Las mejillas del Secretario de Defensa enrojecieron, y me di cuenta de que realmente no sabía de lo que estaba hablando. Sus siguientes palabras confirmaron mis sospechas.

—¿Qué cadáveres?

Alcé una ceja.

—Pregúntele a Allen.

Allen, aquella sabandija, dio un golpe con su mano sobre la mesa que estaba frente a él.

—Maldición. ¿Qué coño estás haciendo?

Sonreí, entonces, y esperé que mostrara mi disgusto para con sus maneras mezquinas y miserables.

—Salvándote de ti mismo. Tu equipo de combate estará listo para ser transportado en tres horas. Y espero que la siguiente tanda de guerreros que nos envíes sean guerreros honrados, no espías.

Con un gesto de mi mano, indiqué al oficial de comunicaciones que finalizara la transmisión.

La pantalla quedó en blanco y respiré hondo; el alivio y la satisfacción hacían desaparecer la tensión que sentía en mis extremidades. Mis compañeros estaban de pie, uno a cada lado de mí, como ángeles guardianes; siempre estaban allí para apoyarme, amarme, y confiar en que haría lo que debía hacerse, en que diría lo que debía decirse para convencer a la gente de la Tierra de que se unieran a la lucha.

Mis compañeros. Había tomado mi decisión, y había elegido a mis hombres. Mi futuro estaba aquí. Era ciudadana de Prillon

Prime y un miembro del clan Zakar. ¿Grigg y Rav? Eran míos. Y no iba a renunciar a ellos.

Me di la vuelta para observar a los soldados humanos que aún estaban sentados en la sala; en sus rostros, había una mezcla de ira, resignación y confusión. Sabía exactamente por lo que estaban pasando. Estaban tratando de aceptar que habían sido engañados y usados. Y, justo como yo, eran agentes leales y honorables que habían creído que hacían lo correcto. Les iba a tomar algo de tiempo digerir la verdad que les habíamos mostrado durante las últimas horas.

—Caballeros, cuando veáis a Allen, ¿alguno de vosotros podría golpearlo en la cara y decirle que viene de mi parte?

Un hombre alto cerca de la puerta sonrió ante mi petición.

—Dalo por hecho.

—Gracias. Ahora, todos vosotros, idos. Idos a casa, y contadles a todos la verdad.

Cinco horas después...

Conrav

Mi pene había estado duro por tanto tiempo que comenzaba a doler, y Grigg había retrasado nuestra ceremonia de reclamación, negándose a realizar un derecho tan sagrado con traidores y espías entre nosotros.

Entendía la emoción que se escondía detrás de esa decisión, pues estar de pie escuchando a los humanos de la Tierra discutir con nuestra Amanda me había hecho sentir impaciente por transportarlos a su planeta, hacerlos entrar en razón e inculcarles una dosis saludable de respeto por nuestra compañera. Pero Amanda los había manejado con facilidad, y el orgullo que había sentido se reflejó en Grigg, también.

Ahora era realmente la señorita Zakar; las historias sobre su compasión por Mara y su actitud desafiante ante los líderes humanos hacían de ella una leyenda. Aquellos que aún no la habían conocido inventaban excusas para transportarse hacia la nave, esperando poder verla o hablar con ella. El aumento de solicitudes de transporte había hecho reír a Grigg; pero como siempre, Grigg tenía una respuesta para todo.

"Anunciaremos ceremonias de bienvenida formales a bordo de cada una de las naves. Si la tripulación quiere conocerla, la llevaremos hacia ellos. Mi nave no recibirá a cinco mil hombres curiosos".

Peor aún, el número de hombres que habían indicado tener interés en ser testigos de nuestra ceremonia se había triplicado en la última media hora. Aquellos números eran un signo de respeto hacia nuestro emparejamiento, hacia la legitimidad de nuestra unión; pero ya había compartido a Amanda con el mundo lo suficiente por hoy. Ahora mismo, la quería desnuda y anhelante por mi pene. Quería ver cómo sus ojos se iluminaban mientras Grigg guiaba nuestra sesión de amor con mano firme.

Grigg y yo la escoltamos al centro de la sala redonda. Los tres estábamos desnudos y preparados, Grigg estaba a su derecha mientras yo sostenía su brazo izquierdo con delicadeza. Cuando ella supo que todas las ceremonias de reclamación tenían testigos, se había quedado boquiabierta; entonces, aceptó usar una venda para los ojos y la promesa de Grigg.

"Confía en mí, amor, no te darás cuenta de nada que no sea nuestros rígidos penes llenándote".

Cuando llegamos al centro de la sala, Grigg la soltó y asintió para que el cántico ritual comenzara. Las palabras provenían de un idioma antiguo de nuestro mundo, la cadencia resultaba extraña a mis oídos. "Bendice y protege" era lo que se cantaba en el idioma antiguo.

—¿Aceptas pertenecer a nosotros, compañera? ¿Te entregas a mí y a mi segundo voluntariamente o deseas elegir a otro compañero principal?

Grigg rondaba alrededor de nosotros como si fuera una bestia casi desatada mientras acercaba a Amanda a mi pecho, mi miembro apoyándose contra el surco que había sobre su relleno y redondeado culo.

La lujuria de Grigg, casi incontrolable, nos azotó por medio de nuestros collares, intensificando mi propio deseo de estar metido hasta las pelotas dentro de ella. Gruñí cuando el aroma almizclado de su excitación flotó como una nube cargada del más delicioso perfume.

—Os acepto, no quiero a otros hombres.

Su voz sonaba entrecortada, sus pechos subían y bajaban mientras hablaba.

—Entonces te reclamamos. Tendrás un nuevo nombre y acabaremos con cualquier otro guerrero que se atreva a tocarte.

Grigg hizo su voto y yo hice el mío, inclinándome para susurrar las palabras contra su cuello.

—Mataré para defenderte o moriré para protegerte, compañera. Ahora eres mía, por siempre.

El cántico se detuvo momentáneamente mientras voces masculinas hablaban al unísono.

—Que los dioses sean testigos y os protejan.

Un escalofrío recorrió el cuerpo de Amanda, pero se mantuvo de pie frente a nosotros, esperando que la reclamáramos por siempre; su hermoso cuerpo expuesto hacía que mi hambre por ella se convirtiera en furor en mi sangre.

Dirigí una sonrisa hacia Grigg, ansioso por comenzar con esto, pero esperé a que Grigg hiciera algo primero. Su naturaleza dominante lo estaba dominando rápidamente; y mientras más la dominara, más orgasmos obtendríamos de su espléndido y reactivo cuerpo. Y Grigg era generoso en su propio juego, asegurándose de que todos perdiéramos nuestra endemoniada cordura.

—Arrodíllate, Amanda. Ponte de rodillas, y ábrelas bien.

Grigg

Mi compañera se arrodilló ante mí sin ningún tipo de argumento o duda, y sentí cómo su placer aumentaba cuando tomaba el control. Era tan reactiva, tan encantadoramente sumisa que había imaginado una docena de posibles escenarios en mi mente para este momento. Posiciones. Modos de hacer que se corriera.

Pero verla en rodillas ante mí, desnuda, sin poder ver nada, y confiando plenamente en mí, hizo que algo oscuro y desesperado dentro de mí se despertara como consecuencia.

—Abre tu boca. Voy a poner mi pene sobre tus labios, y vas a lamer todo mi líquido preseminal. Va a calentar tu lengua y despertar tu apetito por nuestros penes. ¿Comprendes?

—Sí.

Solo esa palabra causó que mi miembro se endureciera, y lo tomé por la base, colocándolo en posición. Rav estaba de pie a sus espaldas esperando, y me di cuenta de que no habría podido compartirla con nadie más, con otro guerrero que fuese tan dominante como yo. Rav era mío, y de alguna manera, eso calmaba el animal primitivo que vivía dentro de mí cuando lo veía tocándola.

—Rav, túmbate de espaldas y fóllala con tu lengua.

Mi segundo estuvo debajo de ella en cuestión de segundos, su cabeza deslizándose con facilidad entre sus muslos abiertos. Vi con satisfacción cómo las caderas de nuestra compañera dieron un respingo ante la primera áspera lamida de la lengua de Rav mientras se sentaba sobre él. Jadeó, y sabía, por la conexión de nuestros collares, que la lengua de Rav se había adentrado en ella, follándola como lo había ordenado, haciendo que se mojara y que estuviera lista para mi pene.

Cuando estuvo gimiendo y resistiéndose al fuerte control de Rav sobre sus muslos, finalmente posé la cabeza de mi pene, del cual emanaba líquido, sobre sus labios rellenos.

—Chúpame, Amanda. Fóllame con tu boca.

Debí haber estado preparado para eso, pero la cálida boca de Amanda me atrapó en un solo movimiento deslizante, con fuerza y rapidez; su lengua se ocupaba de mi pene con tanto anhelo que casi me hizo correrme demasiado pronto. Demasiado rápido. Mis pelotas se encogieron y la necesidad de correrme nació en la base de mi espina.

No tardaría mucho, y ni siquiera había penetrado su vagina todavía.

Tomando su cabello, tiré gentilmente de su cabeza hasta que mi miembro salió de su boca. No podía esperar. Quería que esto se extendiera, quería que durara por siempre, pero ahora que estábamos aquí, quería hacerla mía.

Ahora. Justamente ahora. Quería que su collar fuera azul, quería que mi semen estuviera muy dentro de su vientre, y quería el miembro de mi segundo en su culo virgen, uniéndonos por siempre.

—Para, Rav.

Amanda gimoteó a modo de protesta, pero simplemente la levanté del suelo, la coloqué sobre mi pecho, y posicioné su mojado sexo sobre mi pene; la acerqué hacia mi ansioso mástil mientras ella enredaba sus piernas alrededor de mi cintura. La intensidad de su reacción, del sentimiento de mi pene colmándola, penetrándola, la embargó y me azotó a través del collar. Mi pene se endureció por toda respuesta. Estaba conteniéndome por un pelo.

La silla de reclamación estaba a tres pasos de distancia, y me apresuré a dirigirme hacia ella, sentándome sobre la extraña silla inclinada. El asiento estaba diseñado para follar, apoyándome tanto a mí como a mi compañera en el ángulo perfecto para que Rav estuviese de pie, tomándola por detrás.

Me posicioné rápidamente, tomé los muslos de Amanda y la atraje hacia mí y mi anhelante miembro; separé bien sus nalgas para la conquista de Rav.

Amanda gimoteó, y el sonido era como música para mis oídos cuando trató de moverse aun cuando la sostenía firmemente; cuando trató de frotar su pequeño clítoris contra mí para conseguir alivio. Pero no podía alcanzarlo, no todavía. No sin que nosotros, sus compañeros, estuviésemos dentro de ella.

—Fóllala, Rav. Ahora.

Amanda

ESTABA TUMBADA sobre el robusto pecho de Grigg, ambos sobre una silla reclinada, su miembro estaba tan dentro de mí y se sentía tan grueso, que sentía que iba a morir si no se movía. Las manos de Grigg tomaron mi trasero, abriendo mis nalgas de par en par.

—Fóllala, Rav. Ahora.

—¡Sí! ¡Dios, sí! Apuraos, demonios. Más rápido. Más rápido.

Me retorcí y moví mis caderas, tratando de presionar mi clítoris contra los fuertes abdominales de Grigg, pero él no me lo permitió, sosteniéndome con tanta fuerza que no podía moverme en lo absoluto; solo podía sentir.

Y esperar.

Dios, la espera iba a acabar conmigo.

—Quédate quieta, Amanda.

La voz de Grigg era como una vibración grave que me excitaba más, que me hacía sentir más desesperada. Apretando mis muslos, me salí de su miembro solo para volver a embestirme a mí misma contra él, dejando escapar un gemido de satisfacción e ignorando las órdenes de mi compañero.

—¡Rav!

Grigg soltó mi trasero mientras yo celebraba mi victoria, elevándome y follándolo de nuevo hasta que su fuerte mano entró en contacto con mi trasero sensible. *¡Zas!*

—¿Qué te he dicho, Amanda?

¿Qué me había dicho? En todo lo que podía pensar era en su pene.

—Tu placer es mío. Tu sexo es mío. No muevas tu vagina, compañera. Te dije que te quedaras quieta.

—No. No. No —gimoteé las palabras, y la mano de Grigg aterrizó sobre mi trasero con un breve destello de dolor.

El calor se extendió a lo largo de mí, y me quedé en silencio; no porque estuviese evitando recibir otro azote, sino porque al fin Rav me estaba tocando.

Colocó lubricante alrededor de mi trasero con uno de sus

dedos, enterrándolo profundo mientras gimoteaba y gemía, sintiéndome desesperada por obtener más, desesperada por sentirlos colmándome y follándome. Sus dedos, los tapones, todo aquello había funcionado; estaba lista para el pene de Rav.

Con paciencia, Rav introdujo dos dedos dentro de mí, y también lo que se sintió como un tercer dedo. La sensación de dilatación fue dolorosa por unos momentos; la sensación de ardor era un dolor familiar que se unía al caos que embargaba a mi cuerpo por medio de los collares, por medio del pene de Grigg y por medio de los erráticos latidos del corazón de Rav. Sentía todo. Lo necesitaba todo.

—Por favor.

Casi sollocé del alivio cuando sentí la rellena cabeza del miembro de Rav avanzando. Las manos de Grigg volvieron a posarse sobre mi trasero, separando mis nalgas, abriéndome para que Rav me hiciese suya. El conocimiento de que mis compañeros me tomarían, me follarían, me colmarían, de alguna manera me hacía sentirme más excitada, húmeda, más cerca del orgasmo.

Dios, ¿cuántos oscuros límites había cruzado?

El pensamiento se desvaneció cuando Rav se adentró en mí, superando la ligera resistencia de mis músculos internos, y luego me penetró lentamente, colmándome por completo.

Estaba llena, atiborrada con dos penes; mi trasero ardía por los azotes que me había proporcionado Grigg, y mi mente estaba vacía, en la espera. Pertenecía a estos hombres, a mis compañeros, y les daría cualquier cosa que desearan, cualquier cosa que necesitaran.

Eran míos.

La conexión, la unión presente en los collares era intensa; nuestra excitación y placer era como un círculo brillante y encarnizado, como un torbellino que se dirigía cada vez más y más arriba.

—Rav, fóllala lentamente —gruñó Grigg.

Rav se salió de mi trasero, y luego se deslizó dentro de él nuevamente. Gimoteé, jadeando, sintiéndome tan cerca del éxtasis. Este sentimiento de tenerlos a los dos, a dos miembros calientes y gruesos llenándome y reclamándome, era demasiado para mí.

—No aguantaré por más tiempo.

La confesión de Rav me excitó aún más, y mi sexo aprisionaba el pene de Grigg, haciéndolo decir mi nombre entre gemidos.

—Amanda. Dios, te amo.

Algo salvaje e impulsivo se despertó dentro de mí ante su desesperada confesión, algo oscuro y desesperado, profundamente temerario. Empujé el pecho de Grigg, dándome el suficiente impulso para tomar el cabello de Rav. Lo empujé hacia adelante con mi mano derecha, su inmensa mano estaba enredada alrededor de mi espalda, y lo besé con los dientes, con la lengua, y con tanto desespero que quería devorarlo; quería nunca dejarlo ir.

Debajo de mí, mi mano izquierda se envolvió alrededor de la garganta de Grigg, presionándola de manera gentil, pero lo suficientemente fuerte como para expresar mi deseo.

Rav gruñó dentro de mi boca, sus caderas se movían con algo más de fuerza, con más rapidez dentro y fuera de mi trasero, empujándome contra Grigg, volviéndome salvaje.

Empujé a Rav y me volví hacia Grigg, besándolo con la misma fiebre salvaje que me poseía ahora. Enterró sus manos en mi cabello, sus caderas subían y bajaban como si fuesen un pistón, follando mi vagina mientras Rav reclamaba mi trasero.

Los cabalgué como si fuese una mujer salvaje; y tuve un pensamiento mucho más poderoso que todo el mar de palabras que estuvieran en mi mente.

—Míos.

Se convirtió en mi retahíla, mi cántico mientras los dos me follaban. Mientras estaba en medio de ellos. Yo hacía que nos conectáramos, nos hacía sentirnos completos. Míos. No sabía si el pensamiento era mío, o de Grigg, o de Rav. Nada importó cuando sus gruñidos roncos por haber llegado al orgasmo inundaron la habitación, cuando su semen me rellenó, o cuando la cálida sensación de su semilla me marcó como suya. Grité, alcanzando el clímax, la esencia de unión era como un rayo arremetiendo contra mi clítoris, mi trasero, mi vagina. Me hice añicos, inhalé, me perdí una y otra vez; cada movimiento de sus caderas era suficiente para llevarme al abismo.

Nos desplomamos el uno sobre el otro tratando de tomar aire, pero los hombres no se salieron de mí. Se quedaron en lo más dentro de mí, sus miembros endurecidos y gruesos. En cuestión de segundos, se endurecieron aún más, sus penes creciendo en tamaño y colmándome más y más. Me follaron de nuevo, esta vez con lentitud. Su semen atenuaba su camino dentro de mí, sus manos y bocas estaban en todos lados, sus palabras de amor y adoración se internalizaron en mí hasta que me entregué por completo a ellos. Mi orgasmo fue como una explosión lenta, yendo en espiral, que me dejó demasiado débil como para elevar mi cabeza, y mis piernas se volvieron temblorosas, perdiendo el control.

El collar ardía cuando me tumbé sobre el pecho de Grigg. Rav nos cubría a ambos, y todos estábamos jadeantes y adormecidos del placer.

La mano de Grigg se elevó para acariciar mi barbilla, moviendo mi cabeza a un lado para inspeccionar mi collar. Rav se inclinó para echar un vistazo.

—¿Qué sucede? —pregunté, mi voz se oía rasposa debido a mis gritos de placer.

—Ahora nos perteneces —respondió Rav—. Por siempre.

—Tu collar es azul —añadió Grigg, para que pudiese comprender.

Sus palabras hicieron que se me saltaran las lágrimas, mientras varias emociones que había estado conteniendo se agolparon en la superficie. Alivio. Orgullo. Alegría. Pertenencia. Familia. Y amor. Esta última emoción me embargó y estuve indefensa ante ella, tal como si fuese una pluma llevada por la corriente. Ahora era libre; libre para entregarme a ellos, libre para amarlos por siempre.

Sentí su amor, su placer saciado por medio del collar. Era abierto, y también igual de libre.

—Os amo demasiado —sollocé, y ellos me consolaron

refugiándome en sus brazos, protegiéndome mientras el estrés y el caos de los últimos días al fin pasaban factura.

En sus brazos me encontraba a salvo, y dejé que todo permaneciera así.

Me permití amarlos y, a cambio, sentí su amor por mí.

—Míos. Sois míos.

Las palabras salieron de mis labios como si fueran un amasijo desordenado, pero mis compañeros me oyeron y solo me sostuvieron con más fuerza. Éramos uno, y nada cambiaría eso. Nunca.

¡Continúa leyendo de la siguiente aventura de Novias Interestelares - Pareja asignada!

Cuando una potencial amenaza contra su vida obliga a Eva Daily a buscar refugio en otro mundo, solo le queda una opción disponible. Debe postularse al Programa de Novias Interestelares. Después de una valoración íntima y sensual de su idoneidad, a Eva se le asignará una pareja y se la transportará a ese mundo para convertirse en su novia.

Al llegar al planeta desierto de Trion, Eva pronto descubre que las cosas son mucho más diferentes de lo que acostumbraban en la Tierra. Un examen íntimo hecho por su nueva pareja la deja a Eva roja como un tomate, pero, para su sorpresa, la maestría de Tark sobre su cuerpo la excita de una forma inimaginable. Pronto se encuentra desnuda, atada, e incapaz de resistir la necesidad de suplicar por más ya que su habilidad para hacer el amor la lleva de un clímax abrumador hacia otro.

Sin embargo, a Eva no le toma mucho tiempo el descubrir que Tark es mucho más que una bestia dominante quien no duda en poner a su desobediente esposa sobre su rodilla para enrojecer completamente su trasero desnudo. Pero, así como su pasión por él empieza a convertirse en amor, los eventos en la Tierra la amenazan con alejarla de él para siempre. ¿Podrá Eva encontrar una forma de quedarse al lado de Tark y en su cama o se terminará quedando solo con los recuerdos del hombre que había reclamado tanto su cuerpo como su corazón?

¡Continúa leyendo de la siguiente aventura de Novias Interestelares - **Pareja asignada!**

ESPAÑOL – LIBROS DE GRACE GOODWIN

Programa de Novias Interestelares®

Dominada por sus compañeros
Pareja asignada
Reclamada por sus parejas
Unida a los guerreros
Unida a la bestia
Tomada por sus compañeros
Domada por la bestia
Unida a los Viken
El bebé secreto de su compañera
Fiebre de apareamiento
Sus compañeros de Viken

Programa de Novias Interestelares® : La Colonia

Rendida ante los Ciborgs
Unida a los Ciborgs
Seducción Ciborg

¡Más libros próximamente!

INGLÉS – LIBROS DE GRACE GOODWIN

Interstellar Brides® Program

Assigned a Mate

Mated to the Warriors

Claimed by Her Mates

Taken by Her Mates

Mated to the Beast

Mastered by Her Mates

Tamed by the Beast

Mated to the Vikens

Her Mate's Secret Baby

Mating Fever

Her Viken Mates

Fighting For Their Mate

Her Rogue Mates

Claimed By The Vikens

The Commanders' Mate

Matched and Mated

Hunted

Viken Command

The Rebel and the Rogue

Interstellar Brides® Program: The Colony

Surrender to the Cyborgs

Mated to the Cyborgs

Cyborg Seduction

Her Cyborg Beast

Cyborg Fever

Rogue Cyborg
Cyborg's Secret Baby
Her Cyborg Warriors

Interstellar Brides® Program: The Virgins

The Alien's Mate
His Virgin Mate
Claiming His Virgin
His Virgin Bride
His Virgin Princess

Interstellar Brides® Program: Ascension Saga

Ascension Saga, book 1
Ascension Saga, book 2
Ascension Saga, book 3
Trinity: Ascension Saga - Volume 1
Ascension Saga, book 4
Ascension Saga, book 5
Ascension Saga, book 6
Faith: Ascension Saga - Volume 2
Ascension Saga, book 7
Ascension Saga, book 8
Ascension Saga, book 9
Destiny: Ascension Saga - Volume 3

Other Books

Their Conquered Bride
Wild Wolf Claiming: A Howl's Romance

BOLETÍN DE NOTICIAS EN ESPAÑOL

FORMA PARTE DE MI LISTA DE ENVÍO PARA SER DE LOS PRIMEROS EN SABER SOBRE NUEVAS ENTREGAS, LIBROS GRATUITOS, PRECIOS ESPECIALES, Y OTROS REGALOS DE NUESTROS AUTORES.

http://ksapublishers.com/s/c5

CONÉCTATE CON GRACE

*P*uedes mantenerte en contacto con Grace Goodwin a través de su sitio web, su página de Facebook, Twitter, y en Goodreads, por medio de los siguientes enlaces:

Newsletter:
http://bit.ly/GraceGoodwin

Sitio web:
https://gracegoodwin.com

Facebook:
https://www.facebook.com/profile.php?id=100011365683986

Twitter:
https://twitter.com/luvgracegoodwin

Goodreads:
https://www.goodreads.com/author/show/15037285.Grace_Goodwin

SOBRE GRACE GOODWIN

*G*race Goodwin es una escritora reconocida por USA Today por sus libros de superventa internacional de ciencia ficción y romance paranormal. Los títulos de Grace están disponibles en todo el mundo en varios idiomas, en formato de libro electrónico, impreso, audiolibro y apps. Dos mejores amigas, una en quien predomina el lado izquierdo del cerebro y otra donde lo hace el lado derecho, forman el galardonado dúo de escritoras que es Grace Goodwin. Ambas son madres, entusiastas de los juegos de escape, ávidas lectoras e intrépidas defensoras de sus bebidas preferidas (puede o no haber una guerra continua de té y café durante sus comunicaciones diarias). Grace ama saber sobre sus lectores.

www.ingramcontent.com/pod-product-compliance
Lightning Source LLC
LaVergne TN
LVHW011819060526
838200LV00053B/3841